Воспоминания о будущем

Сигизмунд Кржижановский

未来の回想

シギズムンド・クルジジャノフスキイ

秋草俊一郎 訳

Сюнъитиро Акикуса

松籟社

未来の回想

1

四歳のマークスのお気に入りは、チックとタックの話だった。父親の膝に腰かけ、煙草の臭いが染みついた上着のけばに両手をついて、坊やはこう命じるのだった。

「タックのおはなしして」

膝が壁で時を刻んでいる振り子のリズムで揺れ、父親は話しはじめた。

「じゃあ、お話をしてあげよう。昔々、あるところにぜんまいじかけの時計が住んでいました。時計には二人の息子がいました――チックとタックです。チックとタックに歩き方を教えようとして、時計はギイギイうめき声をあげながらもネジを巻いてもらいました。そして、黒い針は――特別料金で――文字盤の上をチックとタックと散歩しました。ところが、突然チックとタックは大きくなってしまったのです。数字からも仲間からも逃げだして、戻ってきませんでした。時計は針を使って探しまわり、苦しそうな叫び声をあげました。『チック―タック、タック―チック、タック！』――こんな具合だったかな？　ちがったっけ？」

父の上着の裾に頭を突っこみ、ボタン穴のラシャのまぶたをのぞきこんで眼を細めているマークス坊やは、いつもこう答えるのだった。

「ちがうの」

父のあたたかいチョッキは笑い声で震え、耳もとでかさかさという音をたてた。ボタン穴の隙間ごしにパイプを振る腕がのぞいていた。

「そうかい？　じゃあ今度はこっちが聴こうじゃないか、マークス・シュテレルさん」

最終的にマークス・シュテレルは答えることになった。ただし、三〇年がたってからのことだった。

言葉から行動へ踏みだそうとした最初の試みは、マークスの人生の六番目の年に認められる。

シュテレル一家が住んでいた家は、からし菜農園と隣りあっていたが、その緑の正方形の連なりは、ヴォルガ河の遙かなる曲線にそって彼方へと延びていくのだった。あるとき——七月の夕方のことだったが——少年は夕食の席にでてこなかった。下男は失踪者の名前を叫びながら、家の周囲を探しまわった。夕食の間中ずっと、マークスの食器はそのままだった。夕方が夜になった。父が下男と一緒に捜索に出かけた。一晩中、家の明かりはついたままだった。明け方になってようやく逃亡者は見つかった——一〇露里ほど離れた川の渡し場で。その姿は正真正銘の旅人のようだった。背中にザックを背負い、両手に杖を持ち、ポケットには丸パンと四枚の五コペイカ銅貨が入っていた。包み隠さず白状しろという父の怒りの一喝に、逃亡者は顔色も変えずに言った。

「逃げたのはぼくじゃないよ。チックとタックだよ。ぼくは二人を探しにいったんだ」

シュテレル父は、自分と息子にたっぷりの食事と睡眠をとるのを許したあと、教育方針をきっぱり改めることにした。マークス坊やを呼びつけ、あの話はばかげた、まったくの作り事で、チックとタックはたんに鉄製のバーがトントンとノックしあう音で、ノックはどこにも逃げられないんだよ、と言って聞かせた。少年の大きく見開いた青い目に不審の色を見てとると、父は壁掛け時計のガラス戸を開けて針をとって、文字盤を外し、機械の歯車のからくりを指さしながら説明した。分銅が歯車を引っぱり、歯車が小さな歯車を、小さな歯車がさらに小さな歯車を——これはみんな時間を測るためなんだ」

「時間」という言葉は、マークスのお気に入りになった。二、三ヶ月がたって習字帳に向かわされたとき、「か・じ・ん」という記号が最初にあらわれたが、マークスが斜罫ノートにペンを走らせて描き出そうとしたのは、あの言葉なのだった。

　カチカチ動く小さな歯車への道を覚えた少年は、父がやってみせた実験を反復してみることにした。あるとき、家に誰もいなくなるのを待って、マークスは壁に腰掛けを寄せ、よじ登って時計の扉を開けてみた。規則正しく揺れる振り子の、黄色い円盤が目に飛びこんできた。分銅の重りでぴんとはった鎖が、暗闇と小さな歯車がたてるカチカチという音の中に続いていた。その後、時計に奇妙なことが起こった。昼食をとろうとして席についたとき、シュテレル父が文字盤を眺めると「二時二分」と見えた。「遅くなってしまったな」——父はぶつぶつ言うと、スプーンをひっつかんだ。スープとメインのあいだであらためて見直すと、時計は答えた——「四時二分」。

「なんだって《トイフェル》！　二時間ものあいだ、スープを飲んでたっていうのか？」シュテレル子は目も上げずに黙っていた。食卓から離れたとき、針は七時五分に達していた。下男が近所に住む時計職人のもとに走っていったとき、窓の外に太陽が輝いているのに、時計は真夜中近くを指していた。

呼ばれてきた職人は、手始めに時計の針をとりはずし、マークス坊やに差しだして、持っているように頼んだ。機械を剝《む》きだしにして、主人と一緒にねじと小さな歯車を検査した。おかげで、時計の短針に糸で結わえた極小の義手を抜く十分な時間がいたずら盛りの少年にはあったわけだ。細部にわたって入念に検査したあと、職人は時計は万事問題なく、人の手をわずらわす必要はなく、心配するだけ無駄だと述べた。

かっとなったシュテレル父はどなった――他人の知識よりも自分の目の方をおれは信じると、そしてこの狂った時計を直すことを要求した。今度は職人が腹を立て、狂っているものがあるとしても、それは絶対時計ではないし、自分は壊れていないものの修理で時間を無駄にする気もなければ、金をとる気もないと告げた。そして針を元に戻し、まず時計の扉をぴしゃりと、そして家のドアをぴしゃりと閉めて出ていってしまった。時計は自分の主人をあざわらうかのように、急に歩調をがらりと変え、まさに時計といった精確さでカチカチと時を刻みだした。

その日の残りを、父子は一語も交わさずにすごした。ごくたまに、不安げなまなざしが文字盤に向けられた。窓の外には闇夜が訪れ、マークスが当惑を克服して父に近づき、膝に手を触れて言った。

「タックのおはなしして」

シュテレルのおうちを追い出されたチックとタックの伝説は家路についたのだった。シュテレル子は最初の実験をしたさいに、時計の軸をすり替えていたのだ――分針《ふんしん》を時針《じしん》に、時針を分針に。こんなたわいもないすり替えによって、心理的メカニズムが乱されてしまうことを、少年は確信していたのだった。

腕を伸ばして、実験者は片方の時計の針――短い方――に触れてみた。もう片方は長い、黒い針先を上に逃がしてしまっていた。追いかけなくっちゃ。爪先立ちしたマークスは、手を伸ばして触れた。頭上でなにかがパキンと音をたてたかと思うと、指の中で針の折れた先っぽが黒く見えていた。どうしよう？　ジャンパーの縫い目から、黒い糸が飛びでていた。数分後、取れてしまった先っぽは、近い方の先端に器用に結びつけられた。こうしたわけで短針は長針に、長針は短針になったのだった――だが、それがどうしたというのだろう。ちょうどそのとき、廊下に足音が聞こえてきた。少年は時計の扉を閉めると床に飛びおり、腰掛けを元の場所までひきずってもどした。

忍耐強い、チューリッヒ製の古時計は、自分の黒い腕を壊してしまった好奇心の強い坊やに腹を立てはしなかった。狭苦しい監獄の中で、長い足を端から端までたゆまずに運びながら、寛大にも、一組の子供の目に、自分の壁掛けの孤独を訪問することを許したのだ。秒をリズミカルに刻みながら、チューリッヒからやってきた機械じかけの教師は、大多数の教師がそうであるように、ばねのように張りつめていて、厳格で、確固とした方法論を持っていた。だが、天才に想像力を教えてやる必要はない。みずからの過剰さに苦しんでいたシュテレルが他人に求めていたのはただひとつのもの――節度だけだった。それゆえ、この教師と生徒の相性は最高だったのだ。壁の向こうで父が昼寝のいびきをたて始めるといつも、シュテレル子は腰掛けを時間の研究対象に近づけ、質問をぶつけるのだった。少年は教師の分銅を引っぱり、その丸くて白い顔をなでさすり、知りたがりの指でその固いちくちくする脳の中に忍びこんだ。そしてある日、機械じかけの教師が——明らかに答えにくい質問に当惑して——突如一本足をだらりとたらし、授業を刻むのを止めてしまった。マークスは時計が回答を熟慮しているのだと思い、腰掛けの上に立ったまま、辛抱強く待った。沈黙が続いた。針は文字盤上で凝固してしまった。歯車からは物音どころか、歯ぎしりひとつしなかった。すっかり驚いた坊やは床に飛びおり、眠っている父親になきついた。垂れた袖口につきまといながら、坊やは嗚咽交じりにこう漏らした。

「パパ、時計が死んじゃった。ぼくは悪くないんだけど」

父は浅い眠りを払いのけ、あくびをしてこう言った。

「ばかばかしい。死ぬっていうのはそんな簡単なことじゃないんだぞ。落ち着きなさい。時計は壊れちゃったんだ。それだけのことなんだから、直してやればいい。女の子じゃないんだから、泣くのはやめなさい」

すると、「時間の未来の名人」は、こぶしで涙をぬぐってたずねた。

「もし時間が壊れちゃったら——それも直すの?」

古時計を見習ったかのように、父は沈黙を強いられた。背筋を伸ばし、父親はいくぶん落ち着かない気分でわが子を見つめた。

2

マークス・シュテレルの少年時代の出来事は――例を増やすのはたやすいのだが――ただひとつのことを証言している。それは、早期に確立した精神的基盤、自らの対象と一体化してしまうような集中力、一穴主義とでも言うべき思考であり、より正確にはその最初の萌芽なのだが、それは、研究者によっては天賦の才の礎だと見なすこともあるものだった。少年――のちの青年――は、自分の前方に延びていく道をじっと見つめているようなまなざしをしていたが、まだその上に一歩も踏みだしてはいなかった。息子の沈思黙考、自分の心の声に耳を澄ます傾向、運動や遊びに対する意欲のなさは、父にはみな、よくある粘液質性向の範囲に収まるものに思えた。父は息子の生活を、薬のように攪拌してやる必要があると考えた。さもなくばしかるべき効果を発揮しまい。九歳になったこどもは、攪拌された――モスクワの実科中学の予科の第一学年に出されたのだ。ひとり残されたシュテレル父は、会話の不足を二倍の本数のパイプで埋めあわせて、煙を吐いて退屈していた。冬の長い晩などには、書架の中にさえ助けを求めなければならないことがあった。雑然と置かれた一〇冊程度の本の中に、ロシアの民俗学者ダーリのことわざ辞典の端本があった（ロシアに同化したドイツ系移民であるシュテレルは、ロシア人と話すさい、アルファベット順に熱心に暗記したロシアのことわざ《シュプリッヒヴェルター》を差しはさむのが礼儀にかなうと思っていた)[*1]。その巻のページをめくっていたシュテレルはふと、余白に息子の筆跡を発見した。「笛吹けど時間は踊らず」ということわざのとなりに、判読が難しい、こどもの手による悪筆でこう書かれていた。

「でも、ぼくはそいつを輪になって踊らせてやる」

シュテレル父は、正直なところ「そいつ」がなにを指すのかわからなかったのだが、マークス・シュテレルの伝記作者、ヨシフ・スティンスキイはこのメモを「最初の兆し」と呼び、円の形は、通常の時間を象徴する図形である直線と区別するために、のちに発明者が計画を形にするために用いたものだと註記した。学校に通うようになって最初の二、三年間は、父と子は規則正しく、学期休みのはじめに顔を合わせ、終わりに別れを告げることになった。帰郷するたびごとに、息子は背丈が伸び、痩せほそっていった。上着の袖とズボンの裾は身長についていくのがやっとだった。髪の毛も、以前は明るい色の髪が一房、肩に垂れていたのだが、今やいくら刈りこんでも、針を立てたハリネズミのようにぴんと逆立つばかりだった。だが、早くも来たる一九〇五年によってシュテレル親子は長期間引き離されることになった。[*2] 農地での不穏な動きを危惧した父が、まず息子に到着を少し遅らせるように頼み、次に息子がなにか自分の仕事にかこつけて、再会を先延ばしにした。秘密の「仕事」は次の定期休暇をも飲みこんだ。父は電報と、出発のための金を送ったが、電報に答えたのは別の電報だった――「ジカンガジカンニウバワレタ　マツナ」。一方、金は間をおかずに本と薬品に変わった。寮生マクシミリアン・シュテレルが――寮母の恐怖を煽り、寮生仲間の好奇心を誘ったことに——自分の寝台の下に、即席の物理化学実験室をこしらえてからすでにだいぶたっていた。実験室の所有者は、フラスコ、静電気実験器具、ほかの用具一式をおさめた引き出しを疑り深く周囲から守っていた。夏、彼ははんだづけした真空管に、薬品が入ったガラス瓶、アルコールバーナーを庭の隅の倉庫裏に持って行ってしまった。冬、寮生仲間の留守を利用して、祝日と休日だけ作業した。四年生の間、自分の考えにかかりきりになっていたので、シュテレルは授業の予習に多くの時間を割くことができなかった。教師と同級生のあいだでは、彼は凡才の怠け者で通っていた。だが、定評をいくぶん混乱させる出来事もあった。ある日、ほか二名とともに黒板の前に呼びだされたが、チョークで囲まれた三分の一の黒板では図を解くための幾何学記号を書くのに十分ではなかったとき、シュテレルは腹を立てて、突然黒板消しで等号の長い線を消すと、チョークを数回たたきつけ、分析幾何学の方法を用いて解答を導いてしまった。五年生には、ニュートンの万有引力の法則だけでなく、毛管現象とルーパート王子の涙[*3]についても教えていた物

＊1　ロシア帝国は一八世紀、ドイツ人の移住を国策として推進し、その結果としてヴォルガ川下流域に多くのドイツ人が入植するに至った。彼らは独自の文化を持ち、「ヴォルガ・ドイツ人」と呼びならわされるようになった。
＊2　一九〇五年にロシア第一革命が起こると、農村でも小作料の低減などを求めて騒乱が勃発した。
＊3　融解ガラスを冷水に落とした際にできる小さなガラス球。

理教師は、最新の学術的発見に属する気味の悪い博識をさらした生徒にいくぶん怖れを抱いた。しかし、自分を寄せつけようとしなかった優評価など一顧だにしないマークスは、教師の視野の拡大の手助けさえときには喜んでしたのだった。あるとき、彼は楕円関数についてのドイツ語論文を数学教師に渡してやった。おそらく、教師はたとえドイツ語がわかったとしても、何一つ理解できなかったのだろう。一週間後、本を返すとき、生徒の肩を励ましのこもった寛容さでぽんぽんとたたき、スーツの裾をさっと振りあげて職員室に隠れてしまった。五年生のシュテレルは、眠れぬ夜に、論文の基本命題への反証を思いついていたのだが、自分の対話者の発見は失敗に終わったのだった。

マークスは総じて、少年時代の早期からして非常に孤立していた。寮の共同寝室では、一〇もの寝台が並び、それぞれに小机がついていた。小机には緑色のシェードがついたランプが置かれていた。寝室の先住人たちはバスからボーイソプラノに急に転調する声でぺちゃくちゃしゃべり、あごの産毛をペンナイフでひっかき、コペイカ銅貨をもぎとってはコンドームを入手するための二五コペイカを貯めこんでいた。「むれてるやつら」という蔑称で呼ばれる年少の住民たちは、開けはなったペチカのそばに陣どってフタの中に煙草の煙を吐き出す年を食った生徒の話――女がどうだとか、ケンカのとき拳に握りこむ道具として最適なものはどれかといった――にうやうやしく耳を傾けるのだった。

議論もしなければ傾聴もしないのは二人だけだった。書物と思索によって隔離されたマークス・

シュテレルと、細い足、薄い胸板に、もう生きてはいけない人間の顔をしたイーヒリ・タプチャン、愛称イーヒャだけだ。普段イーヒャは寝台の上に背を丸めて坐っていて、瞳は自分の内面を見つめ、骨張った黄色い両腕は膝の周りに巻きつけられていた。イーヒャの蒼白なまぶたは、小鳥の瞬膜のようにピクピクと動き、一方、目を細めたなら、張りだした薄い耳を通して、ランプの緑の輪郭も見分けることができそうだった。

ときおり、中学生《ギムナジスト》たちはタプチャンをからかおうとすることもあった。

「イーヒャ、墓場のおうちにじきに行くんだろ？」

「イーヒャ、ゴメリのママに頼んでターレスを送ってもらえよ」[*4]

だが、イーヒャは黙っていた――ただ、その小鳥のような膜を震わせると、赤インクのような紅潮が、突きだした頬骨まで広がっていくのだった。マークス・シュテレルはしょっちゅう他人に注意をイーヒャに向けさせられたが、からかうことはせず、かといって同情もせず、ただ観察し考察していた――崩壊のプロセスが回復のプロセスを追いぬくさまを。これは速度の差をめぐる問題だ――貨物列車を追い越す特急列車についての算数の問題に似たものがあった。しかるべく条件を複

＊4　ゴメリはベラルーシの街で、当時ユダヤ人が多かった。ターレスはユダヤ教の祭服の一種で、礼拝時に着用する肩衣。縞模様になっていることが多い。

雑にして解いたのち、答え合わせをして問題集をめくらなくては。時間研究者の脳裏には、ゴメリからきたユダヤ人の虚弱な男の子は、大きな時間漏れがあり、すぐに底が見えてしまう容器か、調節機器に故障があり、螺旋型コイルを速すぎる速度で作動させてしまっている機械に映っていたのだろう。間《ま》の楔が入った、きれぎれの、ごほごほいう咳の中で、シュテレルは独自のイントネーションの交替を見分ける術を習得した。どうやら病人は他人と短い、しゅーしゅーと喉から漏れる帯気音の言葉で会話し、彼だけが聞き取れる第二訴答を待って、新しい——口笛としゃがれ声からなる——異議申し立ての発作で答えているようだった。そして、この対話に聴きいりながら、観察者はときおり——こう彼には思えたのだが——第二の対話相手を推し量るのだった。そのだれかの名前で結局、シュテレルの頭の中は一杯になるのだった。

日曜日の朝には寮生たちは散っていき、共同寝室はからっぽになるので、二人だけが残された——イーヒャは寝台の上に丸まって腰かけていたが、シュテレルの寝台の下からはガラスと金属がガチャガチャ音をたてて、引き出し実験室が這いだしてきた。片方は、小鳥の膜を開いて、翼を広げた己の死を観察していた。もう片方は絡まりあう電線、接触と切りかえのシステム、蒸留器のガラスの喉、原子から原子へと跳躍する数字の上で、時間をとらえる罠を夢想していた。二人は一度も口をきいたことがなかった。このときはじめて、その可能性を感じて、イーヒャがおずおずとたずねた。

「どこにもでかけないのかい？」

「空間に用がないんだ」会話を断ち切るとシュテレルはふたたび自分の引き出しに身をのりだした。

「そうだと思ったよ」頭を揺らしてイーヒャは待った。

「人は空間上を移行していく。任意の一点から任意の一点へと。時間も通過しなくてはならない――任意の時間から時間へと。これがいわば遠足だよ！」

イーヒャは大喜びといった様子で笑みを浮かべた。そうそう、それこそ遠足だ、いまだかつてない！

するとハンカチの中で咳きこみだした。咳の発作で詰まって声にならないが、マークスには聞きとれる言葉が聞こえた。

「きみは行って、たどりつけるさ――だけどぼくはおしまいさ！」

マークスはタプチャンの逆立つするどい肩胛骨の方に歩を進め、手を伸ばした。だがこのとき、玄関で声が響いてきた。引き出し実験室は寝台の下にもぐりこんだ。
一、二週間が過ぎた。夕暮れ時、自分の寝台に近づいたシュテレルは枕の上に本の長方形を見つけた。明かりをつけてみた――黄色い表紙の上に『タイム・マシン』という文字があった。[*5] イーー

＊5　H・G・ウェルズのこの小説は、一八九五年に出版されるとすぐにロシア語、ドイツ語に翻訳され、広く読まれた。

ヒャのいたずらっぽい笑みを見れば、この秘密のプレゼントの送り主をあてるのはたやすいことだった。だがシュテレルは感謝の色を浮かべなかった——すばやくページの間をぺらぺらとめくりだしたその両腕があらわしていたのは、むしろ憤怒の様相だった。だれかが、どこぞの小説家だかが、シュテレル独自の発想に侵入を試みたのだ——脳から生みだされたこの発想は、この脳と一緒にしか取りだせないはずのものなのに。

一晩中、目と本は別れ別れにはならなかった。はじめのうち、隅っこの寝台からページの動きを追っていたイーヒリ・タプチャンに見えたのは、本の上にそびえた額だった——それから、眉同士がゆっくり離れると、ほとんど嫌悪感を浮かべたような笑みが、閉じあわされた口元に浮かんだ。

翌日は日曜だった。朝から熱をだしていたイーヒリは明かりから顔をそむけて横になっていた。突然、肩に触れるものがあった。目を開けると、シュテレルの顔が覆い被さっているのが見えた。

「きみはもっとしっかり毛布にくるまってなきゃならんな。貸してみろ。こうだ。そして自分の本を持っていたまえ。ぼくには必要ない」

「気にいらなかったかい？」イーヒャはぼうぜんとしてつぶやいた。

客は寝台の隅に腰を下ろした。

「これは気にいるとかそういったもんじゃないよ。これは、時間への攻撃、時間を叩きのめして転覆するものだよ。射撃場で射撃をしたところで戦争にはならないよ。ぼくの考える問題は、音楽の世界に近いんだ。つまり、五音のミスは半音のミスよりも不協和音がわずかになるのさ。装置の外観を例にとってみようか。ここに書いてあるのは、なにかの電線、ばかげた自転車のサドル。ぼくのはまったくこれと似ていない。時間を通過する機械の外見も完全にべつものだ。ああ、はっきり見えてきたぞ」

語り主はこめかみをおさえ、急に話を止めた。イーヒリはこの、言葉を切ってしまった少年のほうに身を乗りだした。

「なにが？」

「いま見えているのは、時間の切りかえ装置だ。先の尖ったガラス製の帽子の格好をして、額と後頭部の骨をがっちりくるみこんでいる。テンポ調整器の役割を果たす極薄の光学フリントガラスは、始動する前から、機器が視界から外れているようなかたちで焦点を合わせるようにする。光学的には十二分に可能だ。マシンが一度動きだせば、不可視性がじょじょに起動した側からされた側に広がっていくはずで、透明な万力によってしめつけられた脳、頭蓋、首、肩などにもおよぶだろう——弾丸のニッケル製のキャップが、空間上にあるはずなのに、飛んでいるせいで視界から消えるみたいに。だけど、問題はそこじゃない。頭蓋の下に隠れている時間は、蛾を捕虫網でとらえるように帽子で覆わなければならない。だが、それは何十億という無数の翅を持ち、たいへん臆病ときている——見えない帽子以外でつかまえる術はない。ぼくにわからないのは、この物語作者が考えだした見えない帽子という企てが、学者にも見えないままなのはどうしてかということなのさ。

ぼくは自分の発想をどんなところからでも持ってくるんだ。[*6] 知ってのとおり、おとぎ話でさえなにかの役にたつんだ」

「だけどどうやって……」

「どうやって動くかって？　とても簡単だよ。いや、違うな。とても複雑だ。そうだとしても、ごくわかりやすく話してみよう。任意の、生理学的心理学の教科書が、いわばエネルギーの特異性の原則を認めたとしよう。こんなことが可能だとしたらの話なんだけど――聴覚神経の内部の末端を切り離して、それを脳の視床下部に移植したとしたら、音が見えて、あべこべの手術をすればかたちと色が聞こえるのかってことなんだ。さて、耳を傾けてごらん――脳内の無数の神経回路を伝って流入するぼくらの知覚は、はたして空間的性格なのか、時間的性格なのか。もちろん時間上の持続と空間上の幅はからみあっている――外科医のどんなメスも切り離せないほどに。もちろん、ぼくの思考は鉄の先端ほど鋭くもないし、瞬間と反射を切り離すのも困難だ。でも、ぼくの思考の筋道自体は正しいし、いまはまだはっきりしないけど、二種類の知覚の差を強く直感している。油分子を水から分離させるように、脳内で秒を立方ミリメートルから引き離すことができるようになれば、あとは神経磁石のアイデアを仕上げるだけだ。普通、磁石は電子の流れをそらす。脳を帽子状に包みこんでいる、神経磁石も同じことができるけど、電子の流れじゃなくて、時間の持続の流れ、中心に向かって押しよせる時間の点の流れに働きかけるんだ。時間の流れを途中でつかまえた強力な神経磁石は、時間の飛行を感じとる知覚を、通常、空間の中心に向かう方向に振りかえるんだ。線を面に変換しようとする幾何学者は、線を本来の姿からそらし、直角をつけて幅を広げる必要に迫られる。いわば瞬間は反射に跳躍して、三次元化するんだけど、まさにその瞬間に、現在・過去・未来は、最低でも二つの次元が必要な遊び、ドミノ牌のように、都合良く場所を入れかえることができる。第三の次元は、いわば保険だ。丸木舟が櫂をなくしてしまったら、とれる唯一の航路は、流れを過去から未来へと下っていくしかない――岩にあたって砕けるか波に呑まれるまでは。ぼくが彼らに、人々にあげるのは秒の疾走をせきとめるごく単純な櫂、水かきだ。それだけなんだ。それを使えば――きみは、そしてみんなは――きみたちはまさに日々に抗して漕いでいくことができる。日々を追いかけて、ついには時間を横切って――岸までも。イーヒャ、顔がほてってるぞ。気分が悪いのかい?」

湿った、熱い指で、シュテレルの手のひらを包むようにした。

「いや、最高だ。まるでこれからもないぐらいに最高だ」

シュテレルはほほえんだ。

「それはまちがいだ。ぼくが自分のマシンを作ったら――どうでもいいが、一〇年、二〇年かかる

＊6　フランス語の表現「Le génie prend son bien partout où il le trouve 天才は財産が見つかれば、どんなところからでもとってくる」という表現をもじった言いまわし。

かもしれないけど――戻ってくると約束するよ――まさにこの日、この瞬間に。ぼくらは同じように座っていて――ぼくが来た未来にきみがもういなかったとしても――きみの指は熱く、濡れていて、こうぼくに言うんだ。『最高だ。まるで……』けど、ぼくはレバーに触れて……」

「そして岸まで？」

「ちがうよ、イーヒャ。それを超えてさらに先に行くんだ。時間跳躍でね」

これ以上、意見を開陳する機会はシュテレルにはあたえられなかった。イーヒリの健康は日ましに悪化していった。寮長の呼びだしで、イーヒリ・タプチャンのために生まれ故郷の街から両親がやってきた。ある朝、ターレスについてのたちの悪い予言を裏付けるかのように、イーヒャは縞模様の服にぴったりとくるまれ、台車に座り、革の枕に頭をもたせかけていた。マークス・シュテレルは台の上に立ち、イーヒャの華奢な指をそっと握った。小鳥の瞬膜が、かたじけないとでも言いたそうにしばたたいた。シュテレルは台を降りた。

二人が交わした手紙は二通だった。モスクワから送った三番目の手紙は、未開封のまま「受取人死亡」と註記されて戻ってきた。

スティンスキイは、ほかの資料にまじって、イーヒリの保管されていた日記と最初の手紙の写し――まさに死の前日にイーヒリが律儀にノートに書き抜いていた――を引用して、以後シュテレルが友情を試みることはなかったとしている。

3

シュテレルの大学生活の最初の二年間について、わかっていることはほとんどない。シュテレルとともに同じ教授のサインの下に成績簿をおしこんでいた学部の仲間たちは、彼の顎髭が赤毛だったこと、夏も冬も丈の短い寒そうなコートを着ていたことを覚えていたが、彼がなにを話したのか、だれと話したのか、そもそもだれかと話なんてしたのか……といった質問に答えられなかった。もっとも信憑性が高いのが、最後の質問のヴァリエーションだ。だれとも、まったく、なににについても話さなかった。明らかになったと言ってよいことは、多くの卓越した知性の持ち主同様、マクシミリアン・シュテレルはこの二年間にショーペンハウエル主義の哲学的黒死病を患ったということだ。少なくとも、シュテレルが講義用ノートに書きつけたいくぶん錯綜したメモが、過去というものの起源を説明する、かなり奇妙な理論を叙述してくれている。そのメモによれば、過去は知覚Aを知覚Bに置換することとの結果である。だが、Aの抵抗力を強めていけば、BはAの場所に置き換わるのではなく、となりに設置されることになる。すなわち、ある音符は直前の音と水平的にも垂直的にも隣接することができるわけだ。前者の場合、音楽《メロディアス》的な時間とかかわることになるが、後者の場合、調和《ハーモニー》的なその形状とかかわることになる。ここで、知覚が重なりあわずに蓄積可能なほど広い認識野を仮定するなら、そこではそれぞれの知覚が現在を捕らえることが可能だと言える。目から等距離に置かれた二つの物体さえ、片方は近くに、もう片方は遠くにあるように思える——その色や明るさや輪郭がくっきりしているかどうかによって。なにが、意識をして蓄積されていく現在のあれやこれやの要素を過去にずらさせるのか——シュテレルのメモの用語にならえば、なにが意識をして、ずらしうる過去をつくらさしめるのか? 「痛みだ」——そう「当時のシュテレル」(このあたり、スティンスキイは回想録風に描写している)は答えている。空間では、人間の肉体《オルガニズム》は、痛みを与える対象を遠ざけ、またはそれから遠ざかっていく。指を焦がしたマッチを投げ捨てることができるのは、反射がわきへ投げ捨てるからだ。だが、身を焦がす太陽を投げ捨てるわけにはいかないので、私は影の中に隠れるのだ。そういったわけで(ここでペシミズムが議論に闖入してくるのだが)、知覚とは畢竟、ただ痛みの進行具合によって区別される痛覚でしかなく、この時間と空間においては、いわゆる過去と遠近法を用いて、痛みを遠ざけ、あるいは痛みから遠ざかる以外に、われらが認識には術がないのだ。シュテレルの遺した乏しい手稿に註を付けているスティンスキイによれば、痛みの知覚を、外部からの危険を神経周辺野によって中枢に伝えるシグナルとして解釈するハーバート・スペンサーの理論の影響が見られるという。シュテレルは(スティンスキイによれば)英国の進化論者たちとともに深淵まで歩を進め、深淵の中さえ闊歩した。痛みによって危険を予告しえない認識は無用である。それゆえ、知覚とはみなシグナルなのであり、シグナルはみな危険信号——SOSなのである。自己の破滅を遠ざけることこそが、すなわち生きるということなのだ。

シュテレルは時間と痛みの概念に独自の定義づけを与えているが、この時期においてはそれらを交互に積み重なったものとしてとらえようとしていた。シュテレルはこう定義する。

時間とは自らの光源から遠ざかっていく光に似て、自分自身から去るもので、純粋な非場所性であり、マイナスからのマイナスなのだ。痛みは検証不能の傾向に染められた検証なのだ。痛みは自身の捕獲によってのみ考究されうる。それ以外ではない。

この時点で、原因や半原因のすべてを解明するのは難しい——形而上学《メタフィジックス》が行く手を遮ってくるだけでなく、この形而上学《メタフィジックス》は自分の「メタ」を闇の向こうの靄《もや》に投げ入れるのだ。シュテレルが自分の投石機の威力に幻滅したのは間違いなく、相手の強大さに最終的には折れざるをえなかった。シュテレルのなかば玩具のような引き出し実験室は、大学の実験室の設備との衝突に耐えきれず、新規の、より精確な、大規模に遂行された実験が、以前の手すさびの生半可実験を追認しなくなり、大胆な憶測が次々に間違いだと判明し、その多くを次々に抹消し、一からやり直さねばならなかったのはごく自然なことだった。ノートの一冊に、シュテレルはこう苦々しく記している——「今日二二歳になった。ぼくが呑気に瞑想している時間に、時間は時間をめぐる闘いにおいて時間を稼いでいる」。この数行後にはこう書かれている——「時間は過ぎ去るがゆえに常に勝つ。ぼくが時間から意味を奪うよりも早く、時間がぼくから生を奪ってしまうのが先か、それとも……」――ここで手記は途絶えている。だが、ほかならぬそのペシミズムが、風に運ばれてきた雲が落とす影のように、足早にシュテレルの意識を去っていく。おそらく、それは起こるべくして起こったのだ。矢を前に放つためには、弦を後にひかねばならない。同じように、意味を定義するためには思考を弛めなくてはならないのだ。休止後すぐの一年半の間に、計画を具体化する上での最大の成果があった。しかし、遺憾ながら、この時期の資料の大部分は――一部は革命後の内戦のため、一部は作者自身の手によって破棄されたため――ばらばらになった断片としてしか復元できず、解読を要する。

　この時期最初の仕事は、いわば「時間の直径」とでも言うべきものについて考察した論文だった。心理学の教授への期末課題という形をとって提出された論文の著者は、アメリカの学者の「現在の持続」についての結論を二、三年先取りし、「持続ゼロ」を占めるある点としての現在という、一般に流布した理解に反駁しようと試みた。時間は線状ではないという、この「クロノスをめぐるアナクロニズム」とでも言うべき考えによれば、時間は自分の差し渡し幅――直径をもっているが、「時間の消費者」として知られたそれは、現在という別名がついている。時間の持続を横切って、自分のいま《ヌンク》nuncをそこに投影する以上、投影のやり方を変えることで、いま《ヌンク》nuncを時間の持続に合わせることができる。こう考えることによって、一秒の長さ（とでも言ったらいいのか）にどのくらいの「現在」がおさまるのか計算できるはずだ。レポートに付された、このテンポグラムとでも言うべきものは、「時間の差し渡し幅」、より精確には、十分の一秒から三秒フラットまでの間（後にアメリカ人による、はるかに精確な測量が、現在の長さを五秒まで観測することに成功した）[*7]を揺れ動いているその平均的な指標を示していた。いずれにせよ、「過去が終わり、未来が始まるまで」（手稿より引用）を区切る間隔を測定しようという大学二年生の試みが、教授の共感的な評価に出会わなかったことは確かだ。案の定というべきか、大学の教壇は木の洞《うろ》のような空虚な内実をさらしたのだった。

シュテレルが公式の学問に背を向けるようになったのが、こうした事情によるものなのか、はっきりとはしていない。わかっているのはただ、父から送られてきた次学期の「正規過程」の学費を、息子が自分に必要な薬品の購入にあてることを選択したこと、そして学費の滞納が支払い期限を超過したため、大学を除籍されたという事実だけである。

この短い学生時代は「ヒエムセテーター」の発明と、[*8]「七金曜日週間」計画とに関連づけられている。

＊7　「現在」が持続するものであるという発想は、ウィリアム・ジェイムズによるものであり、著書『心理学の諸原論』（一八九〇年）によれば、知覚しうる「見かけの現在 specious present」の持続は一二秒を越えることはない、とされている。

＊8　ラテン語の「寒い季節 hiems」と「暑い季節 aestas」をくっつけて作った造語。

スティンスキイが伝えるところでは、ヒエムセテーターとは、学術目的でつくられた、一風変わった玩具だという。シュテレルは、数ヶ月ごとに交替する冬と夏が、いわば「粉末」として、知覚神経器官に受容されると考えた。季節の境目において、緑葉の皮膜を冬の白い膜にゆっくりと交替させ、刺激を網膜に焼きつけるこの一年という時の流れを、ヒエムセテーターは、手回しコーヒーミルでコーヒー豆を挽くように粉々にすることが可能なのだが、結果できた粉末に元の性質が保存されるのだ。ヒエムセテーターの構造は以下のようなものである。ほかのすべての光学的作用から隔絶した被験者の目に、さまざまなスピードで回転するディスクが映しだされるのだが、そのディスクは円グラフ状に二色にわかれている。つまり、緑と白である。被験者の視野に順番に入ることで、緑と白は、移り変わる季節の新緑と白雪のように、つぎつぎに交替していく。緑と白がさまざまな面積比で配合されたディスクのセットからは、眼鏡屋にそろうレンズのセットにも似て、目にとって最適なディスクの色の割合を選びだすことができる。ロシアの様々な気候区の住人に実施した、約一五〇もの実験によれば——またスティンスキイいわく——次のような結果がでた。統計によれば、白雪の月と緑葉の月との割合が二対一の住人にとって、もっとも快適な——「目にぴったりあう」ディスクは、白と緑の面積比が同じく二対一の割合のものだった。また、南方の住人の目にとっては、緑と白の面積比が三対二のディスクのほうがより疲れにくくなる……などど。発明者自身が、このぐるぐるまわる玩具——もちろんきわめて粗雑ではあるが、四季の循環を模したもの——に、真剣な意義を与えなかった以上、ヒエムセテーターについてこれ以上言及するのは意味がない。

「七金曜日週間」――こうシュテレルは冗談半分で呼んでいた――をつくる計画は、本質的には、人工日をつくる問題に帰着した。未完の原稿にはこう書かれている。

日々は、手回しオルガン内部の蠟レコードのように知覚器官に含まれている。日々と蠟レコードは以下の点で峻別できる。すなわち、その無頭ピンが――つまりは精神物理学における刺激作用が――ひっきりなしに移動するという点において。だが、刺激をソケット穴に固定しようとすれば――言いかえれば日々を完全な均一状態に変換しようとすれば、あるいは、文字盤上の針のように知覚を回転させようとすれば、円を描く時間の歩みを――精確にはその内容を（一定数回転させたあとで）――心理に伝達し、心理そのものを円形化する必要がある。

人工日を製造する絶縁体は、あらゆる方向からそれを包みこむ二重のコルク層で騒音から隔離され、外部のいかなる影響からも完全に隔絶された、内部に空間がある立方体でなくてはならない。（被験者からの、あらゆる干渉に備えるため十分な高さをもった）天井は、そこから吊り下げられた光と音の信号機によって、絶縁体の内部にいる人間に作用しなくてはならない。コルク壁の内側に設置された時計じかけは、音と光の厳密なシークエンスを交替させる――二四時間周期を終えると、同じシークエンス、まったく同じ間隔のサイクルが新しく始まり、繰り返す。コルク製のケースだけならまだしも、被験者の肉体の動作の制御機構の制作にともなった計画立案者の刻苦は興味深い。それは可能なかぎり、人とその体機能をコントロールすべく考案された、弾力ベルトのシステムに被験者を嵌め込むものだった。

スティンスキイがこれは実験というよりも拷問で、実験室ではなく拷問部屋じみていると述べているのはもっともだ。ただスティンスキイ自身、この計画は——若い知性ならではの頑迷さは別にして——「時間を輪になって踊らせる」というかつての夢をあきらめきれない感情に由来するものだと留保しているが。結局、「七金曜日週間を作ろうとする奇妙な企てはみな——情熱」（スティンスキイの言葉）からくるもの、おそらく、自分の回りを切れ目なく回り続ける唯一のアイデアの内部にとらわれ、日々をみな、日々の問題に費やした男の叙情の発露だったのだ。

ともかく、信号機が吊りさげられた天井から解き放たれ、図表と数字の外で思考の型をゆるめたシュテレルは、太陽によって光を宿された地平線が、普段見ることができない島々と山々の遙かなる輪郭を切り拓いていく、塵ひとつないあの静かな日にも比肩しうる、凪いだ、まばゆいビーズの連なりのような思考に踏みだしていった。シュテレルを計画の実現にむかう小道へと導いた最初の思想こそ、時間のモデル化というアイデアだった。

測定がつねに測定する対象に似てくる（多くのアナロジーがこれを裏書きしている）という仮定に立脚して、シュテレルは以下のような仮説をうちたてた——時計（精確にはその設計図）とそれによって測られる時間は、アルシン尺と黒板、[*9] ひしゃくと海などと、どこか似ているにちがいない。時を刻む仕掛けはみな——砂にせよ歯車にせよ——想像上、または物質の軸を中心に回転する回帰の原則で構成されている。これは偶然か？　それとも必然か？　手回しで、反物を広げていく最中のアルシン尺が、その鉄の先端に生地を巻きつけるなら、その回転運動は測定される物質の性質によって厳密に決まってくるものになり、けして偶然とは言えない。時間（別の言葉で言えば時計）を測るアルシン尺の円を描く歩みが、それによって測られる物質の性質によって定義されるがゆえに、それは時間なのだと、どうして仮定しないのだろう？　三、四度ならずペンをインクに突っこんで、シュテレルは太古のピタゴラスによる時間の理解——自らのとぎれない回転によって世界の全物質をつつみこんでいる巨大なクリスタルの球体——を恢復した。もちろん、元祖哲学者による原始的イメージが、シュテレルの多軸時間というイメージに似ている度合いは、萌芽的受精割球が完成された器官に似ている度合い、あるいは遠い先人によって見いだされた一〇の幾何学の定理が、追従者の思考によって導出された繊細な数学的刺激によって織りなされた入り組んだ網目に似ている度合いを超えないだろう。直角三角形の斜辺とそれ以外の二辺の間の関係を整理した天才が、本当にシュテレルの公式の交点をすぐに解明できたのか怪しいのだが、同時代人《シュテレル》の思想にとりのこされまいとするスティンスキイの立場ですら、同じようにきわめて難しいものだった。シュ

＊9　アルシンはロシアの古い単位で約七一センチ。アルシン尺はそれを測定するための物差し。

テレルの水準まで上がろうと、スティンスキイはひっきりなしに図書館の梯子の世話になった。その結果、「多軸時間」というシュテレルの仮説とのかかわりで、スティンスキイはライプニッツに言及することになる。このモナドロジーの創始者は、物質が連続的かつ空間を隙間なく満たしており、あらゆる場所を占めているとした場合、場所の移動はそもそも可能なのかという疑問、すなわち運動とはなにかという問いに答えて曰く、このように途切れなく続く世界の内部において可能な唯一の動きとは、自軸を中心とした球体の回転運動しかないのだ、と断じている。ここから、スティンスキイはこう推論する——もし世界の連続性が物質によるものでなく、運動（時間とは純粋な運動のことだ）によるものだとすると、自分から出発して自分に至る円回転のシステム以外にそれは考えられない。時計じかけの中で、互いのまわりを回転する円運動が、（一定の空間の連続性の中で）歯車から歯車へとバネの力をうけわたすように、時間のメカニズムの中では、特有の連続性が、軸から軸に「回転する瞬間」を、遠ざかっていく彼方にまで投げわたしていく。ただし、全力で回転しているにもかかわらず、軸は元の場所にとどまる——手短に言えば、時間は一度にすべて与えられているのだ。しかし我々は、一秒づつ分割された時間を、種のように一粒一粒ついばむことしかできない。

スティンスキイの記述には、印象主義者的気配が濃厚の嫌疑がかけられる。一方、シュテレルは印象にも、形而上学にも深入りせず、次の抜粋のような有効な例をあげながら議論している。

単線鉄道は、線路脇に一度降ろさないかぎり、けして追い越すことができない。時間が線状のものとして理解されているかぎり、点は点によって鉄道をさえぎる。時間の直径の発見は、第二の軌道を敷設する可能性を与えてくれる。今度、私が点を追いぬく際には、点はわきにどいてくれるわけだ。

時計の文字盤がある。文字盤の中には分の目盛りがあり、一歩一秒、六〇歩で針が一周する。だが時計の文字盤の中には、さらに秒の目盛り（これを製作するのはさほど難しくない）をつくることができる――その中で、秒針は一秒を六〇分割してまわらなくてはならない。だがもし時計職人が、六〇分の一秒を六〇分割してまわる針をつくったなら、その六〇動作はひとつのように感じられるだろう――ここで、ひとつの連続した動作と理解された時間は、どんな連続性も引き受けることがない我々の現在の長さを超えないかのようだ。もし分割不可能に感じられる一瞬の長さで分割した円周をまわる針の速度を、人間の知覚器官に合わせることができるなら、もし注意をなにかひとつのもの――たとえば赤い染料で色分けされたもの――に集めることができるなら、意識は針が出発する瞬間と、帰還する瞬間を合わせて、一現在の長さを感じることができるだろう。いわば、時計の針は出ていき、円を描き、何十という分割区に立ち寄りつつ、「見うしなわれる」ことなく帰ってくることができる。まちがいなく、それぞれの瞬間の中にはなにか複雑なもの、なにか――こう言ってよいものかどうか――時機を逸した時間がある。通りを横断するように、時間を横切る――猛スピードで走っている車と車の間を轢《ひ》かれずに抜けていくように、一秒の流れの間を通りすぎることができる。

その数行下にはこう書かれていた。「軸から軸へ達する車輪が必要だ。これは有名な『アリストテレスの輪』の難題よりもいくぶん複雑だ。[*10] そう、私のリムは軸の周りではなく、軸と軸を結ばなくてはならない。ここにこそ、超時間的旅行の特質があるのだ」。

さらに下にはこう書かれている。「私たちの脳は時間を調律する。もし、時間《テンプス》を非調律したならば……」このあとは積分記号の湾曲ではじまる数式が続いているが、その記号はみなバツ印をつけて抹消されている。その上に鉛筆書きで「ここで時間を横切るのは危険だ！」とある。

だが、同じ紙の裏には突破への新たな試みが見いだされる。「時間のエネルギーは T-T=t の潜在量の差として表出される。マイナスを経由することで、タラップを降りるように、大文字Tから小文字tへと抜けることが可能となる。またその逆も」。ここで、ふたたび数式が挿入されるのだが、その記号の中では森の中よりもたやすく迷子になってしまう。一方、小説の中では、ただ森のはずれからはずれへとうろつくことしかできない。

こうした引用はすべて、わずかに無事のまま残されたノートからの抜粋であり、日付を特定することは不可能だ。日付の権威を転覆させようとした著者が、日時や年号を記さなかったのは当然と言える。ただ、偶然こうした紙片を訪れた思考の断片が、一九一二年から一九一三年とかかわっているのではないかと、いくぶんの確からしさをもって推定するのみである——この時期、大学を除籍されたシュテレルは、まだ大学寮の一室に住みつづけていたのだが、巨大な石の箱とでも言うべき建物の屋根の下に隠れているその小部屋の窓は、モスクワのコジハ地区に面していた。[*11] 家からの仕送りはないに等しく、シュテレルは糊口をしのぐための仕事を探す必要があった。そこで毎月二〇ルーブルと引きかえに毎日一万歩費やす授業が、この時まさに認められるわけだ。両肘をポケットからつきだして、シュテレルは忍耐強くコジハを行進した——モスクワ川向こうに渡り、ふたたびコジハに戻る。半年の授業のあとで、通りを歩いていると、愛想よく会釈しほほえみかける夫人とギムナジストに出くわしたが、シュテレルには「だれ」か——自分の生徒とその母親だったのだが——思い出せなかった。

そうこうしているうちにモスクワ川の向こうに住む夫人は、一度ならず陰気な若者の垂れぎみのまぶたの下への潜入を試みるようになった。家庭教師の来訪の一時間前に毎日、彼女は鏡の前に腰を下ろし、息子の予習などよりもはるかに入念に身なりを整えるのだった。鏡にはカールごてやら

＊10　大小二つの円形を同心円状に固定した車輪を、直線に沿って大きい円の円周分回転させると、同心上の小さな円も同じ距離を一周するように見えることから、すべての円の周の長さは等しいとするパラドックス。

＊11　現在のモスクワでの、ボリショイ・コジヒンスキイ通りとマールイ・コジヒンスキイ通りのあたりの地区を指していた。

唇に塗る赤い棒紅やらが映っていたが、家庭教師の目にはなにも映らなかった。しかし、小さな目的が大きな目的よりもすぐれているのは、その達成のしやすさにあった。あるとき、シュテレルが最初の五〇〇〇歩を歩き終わったあと、「息子が、申しわけないんですけれども、今日はどうしても行きたいところがあるので……」という理由で授業がないことを知ったとき、最後まで聞き終わらないうちに道を引き返そうとしたのだが、なにかが肘に触れてくるのを感じた。コケモモのジャムが入ったお茶を飲んでいくように言われたのだ。「なんだってそうせかせかしてらっしゃるの?」シュテレルは提案に同意した――むしろ、疲労の方が同意したと言うべきか。壁には空《から》の鳥かごがかかっていた。夫人の息づかいによって寝かしつけられている、ペニョワールの夢見心地の青色をしたバラを見ながら、客はたずねた――なぜ空《から》なんですか? 餌をやり過ぎたカナリアのいたましい話が続き、しらずしらずのうちに、早すぎるやもめ暮らしのテーマ、男手なしに、わんぱく盛りの男の子をコントロールすることの難しさのテーマへと転調した。それからいくらか非具象的なため息が続き、客人は、熱にあらがう砂糖をうつスプーンのカチャカチャで応答した。

「カップに穴でも開ける気ですの? なぜあなたの目は缶の向こうに隠れているのかしら。そこはコケモモのジャムの場所で、目の場所じゃないわよ。あなたはいつも考え事をなさっていますけど、なんについてなの? いろんなこと?」

対話相手は答えた――いいや、いろんなことではないですね。

「ということはひとつのことね。ひとりのことかしら」

ほほえみから、銀歯が二本のぞいた。青いバラは青み付け剤の香りがしていた。ひとみをぱちっと開いたシュテレルは、チェッカーで、双方のプレイヤーが勝つことは可能だと述べた。片方は普通のルールで、もう片方は逆の、「あべこべチェッカー」のルールでプレイすればいい。[*12] それでいてこの理論家は、駒のひとつにすでに敵の手が伸びていたことに気がつかないのだった。

最初のアフォリズムから二五分間、傍らに観察者がいたならば、モスクワ川向こうに住む夫人のまんまるの瞳に向かってとうとうと述べられた時間の省略《カット》理論について親しむことができただろう。

この理論を愛にあてはめて展開してみよう。リールから巻きほどかれる映画フィルムのような、「長い巻物を巻きほどいていく」記憶はモンタージュすることができる。リボンから――記憶から断片を切りとって長さを詰めることができるのだ。そこで、もし、最初の恋人との最初のデート、二番目の恋人との最初のデート、三番目の恋人との以下略の間を省略したなら、残るのはもっとも純粋かつ心のこもったもの、記憶の奥底まで沈んでいくものであり、すなわちその、最初のデート同士をくっつけたシークエンスを組みいれたフィルムは――あたかもルーレットの玉が数字から数

＊12　通常のチェッカーと異なり、自分のコマすべてを先に相手にとらせた方が勝ちというルールでおこなわれる。

字へと飛び跳ねていくように――めまぐるしく抱擁から抱擁へと切りかわり、観客の目の中で年老いていく女性を映しだすだろう。これは無論、法律家には集団暴行をあつかった刑法の論文を思いおこさせる。余計ものを排除せよ――あらゆるものから、本当に必要なものだけを残せ、すればそれは自分の……。

この最後のアフォリズムのあと一時間たつと、シュテレルはその残酷なまでの正しさを確信することができた。傍らの観察者も……だが、このような状況でそういったものは余計だが。

次の日、家庭教師は自分の生徒をはじめてまじまじと見つめてみた。眉のない額をエフトシェフスキイに向け、*13 まるで頭から求める数字を引き抜こうとするかのように、ギムナジストは頭頂部に逆立った毛をひっぱっていた。男の子の赤い耳を通してランプの明かりが輝いていた。

「イーヒャの耳みたいだ」――シュテレルは思った。

シュテレルの「私」の中は、暖房のない部屋の中のようだった。

4

それは一九一四年二月の出来事だった。いつもどおり行進してきたシュテレルは、モスクワ川向こうにある横町の歩道に出ばっている玄関口を見落とし、その靴底はまだ雪を踏みしめてキュッキュッと音をたてていた。シュテレルは誰かの跡をつけていく人に似ていた。二、三の女性の頭が、吐息で毛皮を白くして彼の方を振り向いた。だが、追跡者が追わねばならなかったのは自分の頭——正確には、その考えのうちのひとつ——であり、それは黄昏時の影のように身軽に、雪上を前へ前へと滑っていくのだった。小路は人気がなかった。十字路から逃れようとする足どりは、がさごそ音をたてながら青い空気をぬけ、三段論法に追いつこうとしていた。検疫所の柱は凍てついたまま、後方にとりのこされた。くるぶしまで這いあがってきた雪が、一度は見いだしたはずのリズムをもつれさせていた——三段論法の大前提と小前提が、雪だまりの間をとらえると、別れ別れに

＊13　ヴァシーリイ・エフトシェフスキイ（一八三六－一八八八）はロシアの教育学者。算数の教科書を執筆した。

なってしまった——だがまさにその時、鉄の平行線ぞいに進んでいく行く手をさえぎって、轟音をたてる煙の螺旋がたちのぼり、車両の車輪がそれに向って走ってきた。シュテレルはくっと息をして、足をとめた。顔が、怒りがいりまじった歓喜で紅潮していた。最後の数式の最後の記号をつかまえた——ああ、ついに——この額の骨の下で！

膝まで雪に埋まったまま、シュテレルは手近にあった棒——路面と一緒に凍結していた——をとると、雪面に数式を書き記した。次の日には雪が溶けだし、マシンの秘密を漏らしていた文書は、太陽の光によって抹消された。未来の発明家は、人間どころか、紙さえ信じずに仕事をしていたのだ。

しかし、いまやメモは不要だった。時間をつかまえるマシンをつくるときがきたのだ。それには金が必要だ。シュテレルは見積もりをしてみた。数字は五桁の上限で揺れていた。父と子は何通かの手紙を交わし、そこで息子は頼みつづけたが、父は断わりつづけた。設計者は見積もりを最小限に切り詰めた。四桁の数字が、電報の折りたたみ用紙から灰色にのぞいていた。父は鼻から眼鏡をむしりとって床に投げ捨てた。返信の一枚目で父は遺産の相続権を剝奪すると脅し、三枚目で自分の死後はすべて好きにしてよいのだからと諭し、追伸で半額だけ送ると約束した。

送金を受けとったシュテレル子は、費用の総計を構成する、あとの半額を待たずに機械の製作にとりかかることにした。部屋を包囲する一〇〇ものドアが、秘密を脅かしているように感じられた。人々の好奇心、あて推量、のぞき見から遠く離れた場所が必要だ。シュテレルは郊外のハピロフカを横切る横町の一角に申し分なく孤立した、閑静なアパートを探しだした。木造で、ごく小さな窓が三つあいた中二階に位置し、天井の低い部屋二つと、中庭に通じる階段があった。廊下側の部屋には、簡易寝台と本が山積みになっていた（シュテレルがここでめったとない来客をでむかえた）。だれも入ることが許されない奥の部屋はマシンの棲家として使われた。

ハピロフカの新住民は、中二階から降りてくる階段にはめったにあらわれなかった。片方の肘にはいつも一見、瓶のような、円筒状に巻いた紙をはさみ、もう片方の肘は急角度の手すりの上をすべらせていた。中二階の窓ガラスの奥はけしてカーテンが開くことはなく、春が壁という壁の窓という窓を開けはなったときでさえ、中二階の窓枠三つは開かないままだった。

氷の下に隠れていた、いじけたヤウザ川は、シュテレルの住居からほど近い岸辺を決壊させ、一、二週間のあいだ、過ぎ去りし世紀に——何世紀も昔、石油の虹色の斑点や糞尿ではなく、平底舟や帆船が体の上を流れていたとき——自分はどこにいたんだろうかと、思い出そうとしていた。酔っぱらいが注がれたワインを見るような目つきで、太陽が水たまりを見つめていたかと思うと、すっかり飲み干して空にしてしまった。

ハピロフカの玄関口でひまわりの種を噛んでは殻を吐きだしていた口たちは、奇妙な住人についてニ度ほど審議した。最初、三つ窓の住人はひとりで瓶とシリンダーを空にして、酔っ払って前後不覚になっているのだということで落ち着いた。だが、あるとき、階段の手すり付近に、上階に向かう女の姿が発見された。その晩、中二階の窓の奥は終夜明かりがともっていた。視界を遮るカーテンの存在を別の風に解釈した口たちは、満足そうににたにた笑いあった。

五月も終わりになると、金は尽きようとしていた。シュテレルのアイデアは半径を描いたところまできていた――どこからでもなく、どこの一点からでもないところから。偶然、彼の目に未開封のまま部屋の隅に落ちている二、三通の封書が飛びこんできた。シュテレルは封を切ってみた――赤い、光が透けてくる耳――石鹸の匂いがする熱い、青いバラ――空っぽの鳥かご――ふたたび数字の上に覆い被さっている耳の端。機械を仕上げなければならない。どんなことをしてもだ。汚らわしそうに目を細め、シュテレルは干上がったインクの泥からなんとか数行を便箋の上にほじりだすと、その結果として、ひまな隣人たちが中二階に続く階段に女性の姿を見つけるという事態が生じたのだった。会合はいくぶん、プレイヤー双方が負けになるチェッカーの試合に似ていた。それは、普通のルールでプレイしている側が、最後の手を着手しようとしたものの、投了を決意し、一方あべこべチェッカーをプレイしている側が突然それをつっぱね、石頭の商人じみた頑なさで反抗しようとしたからだった。つまりは、そんなマシンに、どんな金がかかるか知って、モスクワ川向こうの客はシュテレルの論証に疑り深い態度をとり、若者が自分や他人の金を浪費してマシンを制作しているのを自分はよく知っていると言いだした。発明家が中に続く扉を開け、自分の目で確かめることを提案したとき、胸にハンドバッグを押しつけたモスクワ川向こうの夫人は、当然ながら、なぜそんなに急いでいるのかとたずねた。シュテレルは忍耐強く説明した。制作はぜひとも必要だ。彼、シュテレル自身が、別の世紀、千年紀まで飛びこえていくために。

「でも、私は？」モスクワ川向こうの夫人はたずねた。

発明家は黙りこんだ。

「マシンは一人乗りなんです。戻ってくるまで待っていて……」

「千年後から？」

「はい」

ハンドバッグは、鉄の留め金がついたおちょぼ口を開くことはなかった。それは役に立たなかった。片方はキスなし、片方は金なしになった。しかし、一週間とたたないうちに、モスクワ川向こうの横町では、ニセアカシアが黄色い滝のように雪崩れ落ち、芳香を放ちはじめていた。夜は蒸し暑く、赤みを帯びるようになった。ハンドバッグは産卵期に岸辺に飛びあがった魚のように、絶望的に口を大きく開け、一〇〇ルーブルから一〇〇ルーブルといった具合につぎつぎと貸していた。シュテレルは作業を再開した。七月と一緒にやってきた暑さが、中二階の六つのガラスの扉を最終的に開けはなち、ハピロフカの中二階の窓のそばを深夜に偶然通りすがった者は、小さなミシン穴が静寂に空けられるような、大気をちくちく刺すような振動音を聞くことができた。その、夜遅くやって来た通りすがりがよく耳を澄ませば、音のちくちくの推移に気づいたことだろう……だが、ハピロフカの夜遅くやって来た通りすがりはいつも通り酔っぱらっていて、がんがんいう耳に振動音をわざわざ入れるよりも、静寂を鳴り響かせることのほうを好んだのだった。

仕事にすっかり身をやつしたシュテレルは、じょじょに実体化しつつあった、あの唯一なるもののせいで、ほかのものに目もくれず、自室の三つ窓のまわりに凝集していた現実を素通りして暮らしていた。「戦争《ヴァイナー》 война」という言葉は、はじめは新聞の八ポイント活字の中にまぎれていたが、しだいに文字を大きくし、ありとあらゆる新聞のありとあらゆる見出しから飛びだしてきた。この言葉は二、三秒、シュテレルの視線を惹きつけたが、それというのもその最初の言葉と文字数がほかのもの——「時間《ヴレーミャ》 время」——を思いおこさせたから、というささいな理由だった。その五文字は、やって来たときとおなじように網膜をすべって消えてしまい、数日間のうちに制作は、時間を捕らえるべく、細心の注意を払って考案された罠を実体化させていった。

シュテレルは作業に慣れていった——夜が近づくと、表の喧噪が静まりかえり、最高の集中力を発揮する可能性を授けてくれる。発明家は、もっとも難しい、部品同士の組み上げの工程を夜の時間に移すことにした。しかし、夕暮れが訪れ、そのあとから闇がやって来ても、窓の下の喧噪が鎮まらないことがあった。砕けた足音、群がる音声が、まだ聞こえていた。はじめのうちは額にしわを寄せていたが、それから——暑さにもかかわらず——異常に騒々しい夜と自室を窓で隔離して、細心を要する組み立て作業を続けた。

壁の向こうの奇妙な喧噪と紛糾は多少和らいだ。だが、夜が退却する間もなく、窓ガラスをガタガタ響かせて、車の列が音をたて始めた。眉をひそめたシュテレルは仕事から離れ、音が過ぎ去るのを待つことにした。だが、車輪のリムのノック音はやまなかった。大地は震え、机に散らばった器具をカタカタ揺らし、蒸留器と小瓶の内部の水面を揺さぶっていた。作業の継続は不可能だった。シュテレルは窓に近づくとカーテンを少しだけずらしてみた。通りは平べったい長方形の箱を載せた荷車で溢れていた。箱のひとつ、半ばひき剝がれてしまった蓋の下には、櫛の歯のように密集した銃剣がのぞいていた。

　正午には車輪のリムも鎮まった。仕事を続けられそうだ。だが、なにか濁った、どろどろとした感覚が、指と思考にまとわりついていた。シュテレルは寝台に横になっていた。初めのうちは数字と記号の回転がゆるやかになっていき、次いで黒い、目の詰まった生地の目隠しが――眠りだ。

　徹夜の長い行列によって蓄積された疲労が、おそらく、うたたねをさらに長引かせたことだろう――ノックさえなかったら。その音に目を覚ましたシュテレルは顔をあげた。黄昏が部屋を満たしていた。階段をゆっくり音が降りていく。シュテレルはドアに近づき、開けて外を見た。音は下から上に這いもどってきて、黄昏で朧《おぼろ》にとけた輪郭が白い紙をつきだしていた。部屋に戻って、明かりをつけて読んでみるしかなかった。左の隅に司令部のスタンプが押してあり、三行の文書が「出頭」を命じている――「シュテレル」という名に。

　これは不意討ちと言ってよかった。不意に、このわずか数行に捕らわれてしまった瞳は、四角い紙切れをしげしげと見つめていた。カードを袖口から飛びださせるペテン師のやり口、マシンを巻きあげる死のマーク付き。だが……。

　シュテレルは奥の部屋のドアを押した。ねじマイクロメーターを透明な螺旋の連結器として使い、固定されたガラス製の三脚の上には、敵の盾に振りおろされた剣のように、時間にのしかかった、軽量ではあるが、力強い構造物が育っていた。

机に向かって腰を下ろしたシュテレルは、鉛筆を手にとると日数を勘定した。一日一九時間働くとして、二週間から二週間半でタイム・マシンは完成するだろう。行程チェック、予備の部品、二重ブレーキ機構は断念しなくてはならない。未知の世紀に投げだされて、未来にあたって砕けた方が、計画を放棄して日めくりカレンダーの紙きれに押しつぶされることを甘受し、盲撃ちの弾丸の突貫にアイデアを抹消されるよりましだ。永遠の日付は今日なんだ。

これは人間と時間が、せかせかした眠れぬ一週間の流れのなかでおこなった「テンポ」というほかに類を見ないゲームだった。時間の側がさまざまな事件という手をうてば、人間側はマシンの育成という手で応じた。人間には明らかだった――もし時間に追い越されれば、タイム・マシンを失う。もしシュテレルが追い越せば、時間は自分自身を失うのだ。

勝負が始まって三日目の終わりには、早くも二通目の通告がやってきた。召集された男は考えた――「作業場を移した方がよさそうだ」。

しかし、それは不可能だ。構造物はきわめて脆く、未完成で搬送に耐えられない。自分がしばらくの間、姿をくらますか？　でもドアを破ってはいってこられたら、マシンが見つかってしまう。だめだ、歯を食いしばって闘争を継続するんだ。

シュテレルの疲労が蓄積した意識には、最後の留め具を締め、最後の部品をとりつける瞬間がありありと浮かんでいた――彼はレバーを引き、そして――背後に遠ざかっていく戦争の轟音を聞きながら、追いすがってくる日々を尻目に、持続する時の流れの幅を追い越し、半狂乱になった時計の針がぐるぐる回転する中——前へ前へ、未来へと。

七日目の朝、シュテレルは試薬のひとつがきれていることを発見した。買い足さなくては。最後の金をかき集めて、コートをひっかけると外に通じるドアを押し開けた。敷居の向こうには、武器を持った、灰色のラシャ地でしつらえた軍服姿が二人立っていた。行く手をさえぎるメモには——連行しろ。きっかり二昼夜のあいだに、シュテレルが戦争に参加し奉仕することが決定された。肩に番号が、額に帽章がとりつけられ、頭は丸められた。「身辺の整理のため」に残された数時間を、シュテレルはほぼ完成した機械の解体に費やした。熱病にうかされたかのような迅速さで、纖細きわまる部品は死滅させられ、また別の部品は深い引き出しの底に身を横たえた。解体されたマシンは尖った釘で覆われた。その様子はあたかも、死地におちいったローランが、敵の手に武器が渡ることを恐れて、ロンセスバリェス峠で剣を石にたたきつけたかのようだった。[*14]

＊14　シャルルマーニュの後衛部隊がバスク人の襲撃をうけ全滅した際の、中世の叙事詩『ローランの歌』にも登場する有名なエピソード。

二等兵シュテレルは、ほかの二等兵同様、週の決められた日に「イチ、ニ」のかけ声に合わせて行進し、「とまれ」の号令に合わせて踵をうちあわせ、「まわれ右」の号令には左の踵を踏み違えて痛めながら、一八〇度体を回転させた。ライフル銃を構えてわら人形に突進した。昼には木串を通された「糧食」を歯でひきはがそうとした。付け加えることがあるとすれば、二等兵シュテレルは配給係のカゴのもとをきまって最後に訪れ、小隊の四〇の手のひらすべてに触診され、そのすべての手のひらに拒否されたひからびた軟骨片をうけとることだった。その味は肉を貫いている木串とさほど変わらなかった。

5

機械的に番号が割り振られたラシャの軍服は、予備役の大隊から、作戦行動中の中隊へと転属になった。ある秋晴れの朝、シュテレルは肩と肩を寄せ合いながら行軍していたが、その頭上には、風に穂をそよがせる麦畑のように、ざわざわ揺れる銃剣の柄が幾重にも列なっていた。駅に向かって動きつづける縦隊のあとから、帽子やハンカチが振られていた。二等兵シュテレルは銃剣に掲げた白いハンカチが、自分にとって最後のチャンスだと思った。

兵役の最初の数日、シュテレルは状況に呑まれたかのように意気消沈していた。だが彼はすぐに平静と戦闘意欲をとり戻した。たとえ時間に頭半分追い越されたところで、マシンが破壊され、釘で突き殺されてしまったところで、アイデアと自分はいまだ共同墓地に投げこまれてはいない。人による時間への訴訟が灰色のラシャ地に隠されてしまっても――猶予期間があけるのを待ち、再提訴するのだ。

前線は、シュテレルをモグラ穴の迷走とロケット弾の青白い孤で出迎えた。壕の前では、一列に並んだ下司哨が銃撃を浴びてぱちぱちと爪はじきにされていった。だが、耳を澄ましたならば、コオロギのたてるリリリリという断続音と、風が草をきるヒューッという摩擦音を区別することは可能だった。慎重に、しかし決然と行動しつつ、シュテレルは弾丸にひやかしの口笛を吹かせないようにした――頭蓋骨の下に隠されたアイデアはすでにずっしり重く、鉛弾の二〇グラムすら加える余地がなかったのだ。彼は最初の作戦行動さえも――後に自身こう表現することになるのだが――「自分をドイツ人によって保護させる」ために利用したのだった。

つづく二年半の発明家の人生は、強制収容所の有刺鉄線に囲まれたものだった。この捕虜は、バラックの隣人の誰よりも、そのことで思い煩うことが少なかった。囲いの中で自分と自分のアイデアを散歩させるのを愛したシュテレルは、鉄の平行線づたいに並んだ星形の棘々からさえも、同心円状の軌道を描いて地球の周りに密集している本当の星々よりむしろ刺激を受けるのだった。総じて、シュテレルは空間とその内容を、素人のように、無造作かつ無秩序に結びつけており、広さと狭さをごっちゃにしていて、自分の住居の天井が高いか低いかけして覚えられず、きまって階をまちがえるのだった。しかし強制収容所にはそういったものはなく、あるのはただ低く細長い屋根の下の棟だけで、中には板敷きの寝台が四列並べられているのだった。長い月日が流れても、シュテレルは自分の右隣、左隣、前隣の寝台に陣どる人々を区別できるようにならなかった。それは、彼にとっては、どの板を組み合わせて寝台を作ったかを見わける能力と同じくらい不要なものに思えたのだ。訓練すればできるだろう、だが、なんのために？　かわりにシュテレルの隣人たちはみな、なにか出口のない思念にむかってうつむき加減の眉間に寄せあわせられたしわ、のび放題の赤銅色のあごひげに絡められた指、ガラスを透かすように、他人を透かそうと細められた眼を、長いあいだ憶えていたことだろう。

捕虜の身の上にとって、空き時間とは、かつての思考ひとつひとつをゆっくり再考する機会を与えてくれるものでもあった。頭の中で雛形をつくっては解体し、ふたたび仮想上の構造物を組み立てだした。今になってようやく、シュテレルは戦争にとられた未完成の機械が、いかに不完全だったか理解できた。あれに乗って時間を超えるのは、川蒸気船で太洋に出るのと同じくらい危険なことだった。安普請の急造船は、襲いくる秒と、マシンの螺旋構造によってばらばらにされた永遠の、打ち寄せる荒波に耐えきれなかったろう。すべてがあまりにも脆かった——時の持続によって生まれる物質の抵抗についての綿密な予測なしには——つまりは、空間に対する時間の摩擦の計算なしには。この最後の原則は、針金がはりめぐらされた壁沿いを散歩しながら、長い瞑想に沈んでいた間に閃いたのだった。おそらく、地面に前線という線をひく戦争こそが、シュテレルをしてある種の反目、時間と空間の反発性に気づかせたのだった。後に、彼はこう伝えることになる。

私は、「空間と時間《ラウム・ウント・ツァイト》」という古典的な表現の中の「と《ウント》」を研究した結果、[*15]時間が空間に付属するものとされている以上、時間はかならず遅れてしまい、秒とインチのあいだに生じるある種の摩擦のため、時間は空間と調和的に合致したり、相通じ合うことはできないことに気がついた。

これは、シュテレルの用語によれば、「物質からの事件性の遅れ」を招き、さらには世界構造における全般的な不整合——ちなみに、この不整合は、理想時間と現実時間の一致によってのみ可能な、幸運と呼び慣わされているものへの不到達性としてあらわれる——を招いてしまう。その理論によれば、戦争やその他の大変動は、空間に対する時間の摩擦の増大として説明可能になる……。こうしたなかなかに奇妙な述語すべてが隠しているのは、なにか、我々に未知のまま残された改良システムがあるということであり、それは時間放浪装置のバランスをとることを目指していた。

*15　一九〇八年、ヘルマン・ミンコフスキイがおこなった講演についての言及。時間を長さ・幅・高さに次ぐ四次元と述べた。

簡易化された新型マシンは、一〇〇日か二〇〇日かそこらを穿孔する短期的な跳躍ではなく、安定した長時間飛行を請け負うものだった。発明家の指は、ふたたび実体化への渇きにとらわれ、宙にジグザグや角度を描きこんだが、強制収容所の棘つきの柵は、材料への道を遮断するのだった。日は貯めこまれて週となり、週は月になった。空気はジグザグや角度を飲みこみつつも、空っぽのまだった。ときおり、無為を切り詰めようとして、シュテレルは表意文字で脳を摩擦することから離れようとした。そこで彼は守衛部の許可証を持って、二、三日間、収容所の明かりをつけている小発電所の抵抗器《レオスタット》を改造し、電量の三〇パーセントを削減した。それから彼は脱走の可能性を一掃する自動アラーム・システムにとりくんだ。捕虜仲間は彼が近づくと黙りこむようになり、衛兵は唇の端をあげ、右手の二本指を軍帽のひさしに添えるようになった。だが、思考を目で追った結果のけぞってしまっている人間は、いかなる世事も届かないところにいた。自分の思考以外のすべては、色鮮やかに塗りたくられてはいるが根本的には同種のもの（ロシア―ドイツ、他者―自己）として、ただ外側にあるもののようにしか思えず、自分のアイデアとかかわりのない仕事すべては、トランプのペイシェンスの配置のように、誰かの配置がほかの人の配置よりもすぐれているといった議論は無意味にうつった。

シュテレルはドイツ語を自由に話すことができた。収容所の外の知り合い数人は（彼に目をかけていた衛兵はときおり持ち場を離れることを許可した）、戦争が終わった暁には収容所のとなり町に住み、こちらで――はるかに静かで文化的な環境で――仕事を続ければいいとほのめかした。余計な引っ越しと、そもそも空間移動を好まないシュテレルはその意見になびいたが、前線から続けざまに飛びこんできた二つのニュースが、彼をして決心を翻させることになった。

一九一七年三月に届いた最初のニュースは、ロシアでおこった革命を伝えてくるものだった。二ヶ月後に届いた二番目のニュースは父の死だった。

戦争と同じく「革命」を、設計者はなにか、耳を聾《ろう》するような、車輪のリムや、弾丸や、何百万という足が地面を打ちつけるイメージで思い描いた。そのせいで床板は大騒ぎになり、器具はよろめき、指先が鈍るせいで作業は紛糾し、錯綜するのだった。結晶を囲いこんだ容器は、振動に耐えられない。結晶の面が発達するのを保護するあいだは、衝撃や、攪拌からも遠ざけねばならない。当然、シュテレルの頭は、革命から、大変動から、戦争から離れるのだった。

だが、父の訃報を運んできた封書は、問題を極限まで複雑なものにした。遺言執行人はモスクワのある銀行で遺産が待っていることを伝えてきた。所定の手続きの完遂には、相続人個人の出席が不可欠だった。手紙にあげられていた総額は、生涯の大事業の実現にともなう物質的困難を帳消しにできるものだった。それを手に入れれば、制作を開始して終了させることができる。予算も切り詰めず、最良の、頑健な材料で――ずっと昔に、全脳細胞から漉《こ》しだされ、外界とのつながりを絶った構成物、軽々と秒を滑走し、高速度の、予備走行装置つきの時間切断機を。

そう、自分の金だ――ほとんど手中にある――ただ手を伸ばせば届くところに……。興奮して、日課となった散歩の円運動をおこないながら、学者は手を伸ばした――指がぶつかったのは鉄線の鉄棘だった。まさにそのとき、頭上で焦燥したマルハナバチのようなベルが鳴り響き、夕暮れの縮緬織りを不意に光の白刃が貫き、こちらに向かって走ってくる兵士たちの青いまだら模様が——シュテレルが、自分で考案したアラームを作動させてしまったとわかるまで、しばらくかかった。

この事件は一見、守衛室での尋問をもって幕を降ろしたかに見えたが、その原因となった人間に、状況について鮮明な認識を迅速に与えるに至った。周囲には鉄条網の線が密集し、その向こうには塹壕のジグザグ線があり、そのさらに向こうには混沌とした滑走路が——交差し、縒り合わされた線——革命があった。こうしたすべてを、ひとつまたひとつと、突破しなければならない。さもなくば、手はあの最初の障害物にぶつかり、空《くう》をつかむばかりで、発明は実現しない。

一日じっくり考えた後、シュテレルは遺言執行人に手紙を書きおくり、捕虜生活によって相続人の不在が長引いた場合に備え、相続権を確保するために必要なありとあらゆる処置をとるよう頼んだ。遺言執行人からの新しい手紙は、モスクワの代理人に案件を移管するという通告だった。シュテレルは代理人と連絡をとり、すぐに左隅にスタンプの押された紙を受けとった。裁判所による遺言の認定と、法的執行期間の停止の報せだった。

道をさえぎっているかに見えた線の紛糾が、ほどけてきて平行線になり——端正で理解可能な、スタンプが押された紙面を平行に流れる行に似たものになった。だが、前線方面で起こっていることについての噂は、シュテレルに消極的待機戦術を拒否させたのだった。次の数週の事実がどこに転じるかわからないこの状況では、「わからない」と戦う術はただひとつ、それを追い越すしかない。かつて自身をいわゆる「敵」の保護下に置くことが賢明だったとしたなら、今や絶対に自身を奪還しなくてはならないのだ。保証人たりうるのは――少なくともシュテレルはこう考えたのだが――自分が遺産の所有者であることを告げる一通の手紙。

一連の公式、非公式の文書にあって、遺言執行人、収容所の衛兵、モスクワの代理人、ベルリンの捕虜交換を受けもつ官庁《アムト》、赤十字、医療委員会にあてた請願書や手紙で、自分を交換してくれるよう、帰還への協力を仰ぐよう、圧力を加えるよう、とにもかくにも自分シュテレルと自分に属す資金を隔てている距離を取りさるよう頼み、せがみ、ふたたび頼みこんだ。彼の懇願の半数は戦時検閲にひっかかり、残り半分は無数の事務局を遍歴することになった。二、三ヶ月が過ぎた。シュテレルは自分のペンを請願書から請願書へと駆りたてつづけた。今や、返事の催促、前にすでに述べたことと合わせて読んでくれないかという懇願、さらなる通告、などなどといった具合だった。最初のうち、二、三通の形式的な返答と、「あなたの申し出を……日に受領いたしました」といった連絡をのぞいてなにもなかった。それから――秋も近くなってから――シュテレルはある朝、収容所の事務局に呼びだされた。体に合わない軍服を着た、うっすらと口ひげを生やした初対面の男が、分厚い紙ばさみをしばらくぱらぱらとめくったあとで、いくつか些細な質問をし、笑みで口ひげを震わせたあとでこう口にした。

「このあともうひとり、若者に会わないとならんのだがね、若き友《マイン・ケール》よ、きみが遺産にご執心のように、彼も許嫁にベタぼれみたいなんだがね」

戦争捕虜は地面を見つめて、こう答えた。

「はい、ですが、もし遺産のほうが心変わりしたらどうしましょうか」

口ひげが笑みで震えた。悪くない冗談《ヴィッツ》だな。官吏は紙ばさみになにか印をつけた。一ヶ月後、「戦争捕虜、二等兵シュテレル・マクシミリアン」は捕虜交換要員としてロシアに出発する集団に入れられた。

「……の距離があった場合、車輪は何回転するでしょうか」という文章で始まる初等算数の問題がある。これではまるで、列車が車軸を思わしげに軋ませ、一〇〇を超える広い額の緩衝器を揺らしながら、リムの円周で与えられた距離をゆっくりと割っていくみたいではないか。計算間違いがあれば、列車は緩衝器の額と額をぶつけ合いながら、線路をゆっくり、足を引きずりながらバックして、引き算を使って足し算を検算する。列車は引き込み線や、錆びついた待機線にいちいち立ち止まりつつ、問題を解いていった。駅舎の屋根がはじめは急角度でそそりたつように見えたのが、その屋根の二面角を広げて、鋭角を鈍角に変えていくのだった。線路を横切る舗装道路の直線的な疾走が、遮断器の下にもぐりこむ田舎道の機微や綾に富んだ紆余曲折に代わっていた――ロシアだ。

シュテレルが収容されていた暖房車の中身はシスティマチックに数えなおされ、点呼をとらされた。一六回連続でシュテレルは自分の名前に「私です《ヤー》」と返事をした。一七回目は答えられなかった。長い引き込み線で長休止していたその前夜、木枷に固定された鋼鉄の四肢を宙に掲げ、シュテレルは耳鳴りする熱気と、針のように体に刺しこまれる悪寒と、口内に広がる苦みを感じとった。

その後——暗い斑点が意識に浮かび、次の日の晩には、担架が、暖房車から傷病者小屋へと熱でほてった体を運んでいくのだった。診断は迅速かつ簡明だった——チフス。

6

病はその先を望んでいた——傷病者小屋から墓場へと。だが、不屈の心臓は肉体を墓に譲り渡すのを拒み、死にものぐるいの鼓動ではね返した。チフスの毒は脳にまであがってきた。六週間続いた発疹チフスは、さらに数週間続く精神の機能障害を引き起こしていた。最終的に意識が晴れわたってきたとき、痩せて、蠟のように青白くなったシュテレルは、旅を続けようとして、背嚢の紐を締めていた——彼にはまだ旅が始まっていないように思われたのだ。プラットホームをドイツの列車ががたごとゆっくり通りすぎていき、あちこちで青灰色のラシャ地が揺れていた。ドイツ国防軍《ライヒスヴェール》は大隊を展開し、モスクワから、雪で覆われた冬麦畑の下で眠りについているウクライナを遮断していた。

シュテレルが車両の階段から一歩でて、自分が、療養所のバラックが拡大したような、ブリャンスク駅の長い半円筒形の屋根の下にいると気づくには、[16] さらに日数が要った。背嚢を背中に担ぎ、彼は街に溢れる背嚢と背中のあとについて動き出した。泥だらけのさえない街は、あちこちに旗の赤いつぎはぎが見えるだけだった。歩道づたいに丸められた人々の背の上に、ポスターとスローガンの大活字が背筋を伸ばしていた。治りたての病をその身に引きずるシュテレルは、固くなった脚を伸ばすのに骨を折り、空気が肺を叩くのに顔をしかめながら、歩いていった。

とにかく代理人を探さなくては。シュテレルは番地を示す青い数字に目線をあげた。右は偶数、左は奇数。丁か半か。こっちだ。長大な建物だ。玄関口わきには呼び鈴の螺旋状のコイルがむきだしになっており、上から紙が貼られた、凸状にもりあがった正方形があった。シュテレルが張り紙をごりごりと爪の鉋《かんな》にかけると、まずはじめに「帝国」、つぎに「弁護」の文字が見えたので、糊の下に姓を残したまま、シュテレルは家主のもとに続くドアを押した。だが、戸口は門扉を離さなかった――玄関は閉まっていた。中庭にまわってみなくてはならなかった。ノックの音に、最初はドアをはさんでの誰何《すいか》、次いでドアチェーンをはさんでの検分が続いた。フェルトのブーツをはき、赤らんだ鼻に金縁の眼鏡をかけた男は、コートを脱ぐようにという声さえかけてはくれなかった。書き物机の引き出しを、鍵を回して二度、カチッカチッとよく響く音で鳴らして、男は遺言状から公正証書抄本を抜きだし、相続人に差しだした。

「まっさらな紙は」慇懃《いんぎん》な笑みを浮かべて彼は言った。「いまのご時世は高くつきますな」

ゼロのように角のない言葉づかいで、公証人が説明してくれたところによると、銀行の国有化を招いた一〇月の一件が、シュテレルから遺贈された金額に対する権利を剝奪してしまった——法律用語で言うならば、すべての遺産の唯一無二の相続人は、いわば、人民になったということだった。

歪んでしまった顧客の顔を見て、公証人は同情的に両手を広げて、どうしようもないという仕草をした。もう一ヶ月前だったらなんとかできたかもしれない——いわば、窓口の小窓がぱたんとしまったその下から——でも今は……。

そして弁護士は頭を軽く下げたが、その仕草が運命への恭順の意を示したのか、訪問者に別れの会釈をしたのかはわからなかった。

戸口を出て、シュテレルは階段の吹き抜けの黒い空間に背をもたせかけて、一分ほど立ちつくしていた。汚水桶を通すために脇にずれた。それから、手すりに手をすべらせて、踊り場で急旋回をして、外に出た。

彼は自分に告げられた言葉すべてを理解できたが、その意味はわからなかった。なにか小さなものが、大きなものの道をふさいでいる——ちっぽけな革命が邪魔しているのは、彼が両のこめかみの間からもたらした、あの偉大なるものなのだ——それはあらゆる支配的なものを支配するのだ。

＊16　現在のキエフ駅。一九三四年に改称された。

彼らになにができるのか？　旗を掲げる人々も、せいぜい過去の三、四〇〇年間に報復して、未来に向かって叫ぶことしかできない――ただ叫ぶことしか。そいつ――彼のマシン――は、人類を何世紀も前へと投げつけるのに。

脇の狭い歩道を、ジャガイモ袋を担いだ老婆がゆっくり歩いていた。よろよろ向かってくるのは、星が赤く輝く灰色の帽子。ライフルと銃身を短く切り落とした小銃が、ベルトから垂れさがり、銃口が雪をさしていた。

シュテレルは壁に沿ってゆっくり進んでいった。空気が、石壁とガラスを貫いて外に突きだした数百の煙突から噴きだした、数百の煙煤によって堰《せ》きとめられていた――まるで建物たちが無数の気管を通して煙そうに、苦しげに呼吸しているかのようだ。ときたま、そこかしこの石壁に文字が貼りついている。文章のひとつに足をとめたシュテレルは、行末を切り詰められ、感嘆符で上げ底されたそれを見た。

ソヴィエトの権力万歳！
資本主義の破滅万歳！

色とりどりのポスターのどこかから、傾いだ文字がちらついた。前衛《アヴァンギャルド》。この言葉のシグナルにひっかかり、ほとんど停止するところだった、シュテレルの思考はふたたび動きだした。いつのまにか、マシンの部品を預けていた男の家まで来てしまっていた。しかし、男はもうここにいないか、この世にいないかどちらかのようだった。シュテレルは屋敷番を探しだし、保管を頼んでおいたものの引き渡しを要求した。屋敷番はぼんやりと、屋根裏に運んでいった二つの引き出しを思いだした。だが、鍵は住宅管理委員会に送付済みだった。シュテレルは「住宅管理委員会」なるものがなんなのか覚えがなかった。結局、夜も近くなってやっと、屋根裏にあった、埃だらけのがらくたの山から引き出しを探しだすことができた。重い、鉄の枷が嵌まった衣装箱の下に押しこまれるまで、明らかに、はじからはじまで投げ捨てられたようだった。金属片は押しつぶされてひしゃげ、半分ほどのところでちぎれ、繊細きわまる螺旋の編み目に織りこんだ、自慢の構造の脆い部分は、粉微塵にされ殺害されていた。

シュテレルは埃まみれの手のひらをコートでぬぐうと、黙ったまま屋根裏から地面まで、階段の描く曲線を降りた。家の菜園には夜が入ってきていた。だが、窓も、街灯のアークも、明かりで夜から身を守るということはなかった。ただ、どこからか、ガラスの曇りの向こうに、ほやなしランプ灯の腐食しきった、弱々しい明かりがあるだけだった。シュテレルはときたま警備隊にぶつかりながら歩いていった。通してくれるものもいれば、彼の「文書」の行と行を、いちいち火をつけた煙草《マホールカ》で這いまわるものもいた。シュテレルは脚をコートの下に押しこみ、頭はフェルトばりのドアにもたせかけて、木造の階段の上で一夜を過ごした。新しい日の朝が始まると、シュテレルと彼の文書は、長い行列をぐるぐるとめぐりはじめ、さらに二、三日が過ぎ、文書を別の文書にくっつけたシュテレルは、二本のザチャチェフキー通りの交わるところにある建物の、四階の一四平方アルシン[*17]を受領した。

正方形の部屋の住人は、生活を言葉なしで済ませていた。となりに漏れる音は、唯一足音のみだった。四角い部屋の中で――とりわけ夜中に――足音は突如発生し、大きさの不揃いなコツコツという小さな音は積み重なって、あたかも対話のように発達し、しばしば丸一時間にもおよんだ。

おそらく、塀に囲まれた正方形からやってきたこの住人は、さまざまなものをなしで済ませる術を身につけていた。だが、ありとあらゆるなしを網羅したリストは、日々長くなっていき、彼の隣人たちのわびしい生活をも構成するようになり、だれも自分が食べ、生きているということの先をうかがうことができなくなっていった。人々はそばクレープの中のそば粉の粒を数え、一匹のニシンの尾はスープからスープへと回遊し、けして不在まで泳ぎ着くことはない。

もう春も間近なあるとき――湿り気のある、星形のしみのようなものが、石から太陽の方に這いだすようになると――シュテレルの痩せてはいるが骨太の体躯と、赤いぼろのような髭を生やした顔が、首都にある、窓が上下二段についた、天井の高い事務局にあらわれた。端と端を接しあう机の真ん中に立って、シュテレルは彼らをじっと見つめた――なにか奇妙な、無数の脚が生えたもの――気まぐれな土砂降りのあとに生えてきた、四角い傘をかぶった茸の変種を見るかのように。それから無記入の申請書類の向こう側に座っている男に歩みよった。シュテレルは両手に四つ折りにした紙を持っていた。だが、机の向こうに座っている男は、まるでそれで身を守ろうとするかのように、耳が二つついたパイプを握りしめていた。

「手短にお願いします」

シュテレルは切りだした。

「未来への襲撃を提案いたします。日々を抜きさるのです。私の精確な計算によりますと……」

「そうか、もしもし？　仕分け？　ザジャパ同志につないでくれないか」

「時間への偵察の結果によりますと、未来への接近が可能であるかもしれず、それは……」

「ザジャパ？　こっちで問題があるんだが。即刻……くそっ、なんで電話を切るんだ。もしもし？」

話しながら目を訪問者に向けたが、ゆっくり離れていく背中が見えるだけだった。


玄関でシュテレルはもう一度あたりを見まわした。泥だらけになった大理石の階段。踊り場には、通行証が紐で通された銃剣を携えた警備兵、臀部にコルト銃をめりこませた、疲労の色濃い髭面の集団。入り口から外を覗く機関銃。

待つんだ。もう一度だけ、待つんだ。

歯をかみしめたシュテレルは、何百万という車輪のリムと靴底に打擲《ちょうちゃく》された、従順な道をひき

＊17　約七平方メートル。

かえした。日めくりカレンダーのページは――彼にははっきり見えていた――気怠い長蛇の列をなして、次々に銃剣の三面体に突き刺されていった。

シュテレルは、全七〇〇日にわたる飢餓の広野――彼はその期間をそう呼んだのだが――の横断を、後から振り返ろうとはしなかった。伝記作者は口をつぐんでいる――どうしてシュテレルが墓穴への転落を、再び回避できたのか推測はしているが。おそらく、モスクワ郊外のどこかの倉庫番をしていたのだろう――南京錠をかけ、空虚を実直に保管して。それから……ひとつ重要なことがある。脳に収められたアイデアと、頭蓋骨の箱に収められた脳は無傷のまま残ったが、思考が入った箱をくるんでいる皮だけが、どことは言わずしわがより、頭蓋をぴったりと締めつけるようになっていたことだ。

7

その出来事が起こったのは、モスクワでも、めったとないある日のことだった――その日、空はまるで、白雲製の薄細工をほどこした青い天蓋のようになっていたのだ。しかし、歩道をゆく通行人にとって、空の彩りは、自分が今しがた出てきた部屋の天井の埃や、蜘蛛の巣以上に興味を掻きたてるものではなかった。自分の思考に没入しきったまま、シュテレルは歩を進めていたが、突然、思考とともに立ち止まったかと思うと、また動きだした演繹法を追いかけて歩みをつづけるのだった。明らかに問題は難解で、泥のように足下にまとわりついてくる類のものだったので、必然的に足どりは緩慢になり、靴底は空気よりも敷石に多くの時間を割くことになった。通りがかった人のなかには、彼の奇妙な歩行法を見て微笑んでいた人もいたのだろうが、すべての微笑みは、晴天と白日によって持ち去られてしまった後だった。

偶然、板の縁が膝に軽くあたり、その一突きが、思考が展開していく上でぶつかった、論理の壁に一致した。靴底は瞬間的に停止したが、熟考者は板にも「どこ見て歩いてるんだ！」という叫び声にもすぐには気づかなかった。叫び声が考究を妨げたので、その場所から離れなくてはならなかった。通行人は一歩進もうとしたが、その一歩がうまくいかなかった。靴底にしがみついた地面が、それ以上進むのを許さなかったのだ。そこでシュテレルが目線をやると、自分の右足が、生乾きのアスファルトにくるぶしまでつかっているのを見いだした。彼は脚にもっと力をいれて動かそうとした——脚はやっとのことで外に一歩踏みだしたが、アスファルト製のどた靴といった有様の、惨めな塊がくるぶしにまとわりついてきた。

労働者たちの罵声と、騒ぎに興味津々のこどもたちの陽気な口笛におくられて、シュテレルは歩きつづけたが、前提条件の演繹でもつれてしまった足のバランス感覚が、思考のバランス感覚をも乱した。それのみならず、地面の上には、ひょっとしたら、さらなる陰謀が待ちうけているやもしれなかった。今度は、歩道を注意深く見つめながら歩いていった。このような状況でなければ、一組の眼と、一組の新品の、なめらかなエナメルのブーツとの出会いは成立しなかっただろう。ブーツはシュテレルの視界に入ってくると、黒いラッカーをせっせときらめかせたが、間髪入れず浮かんだ連想がラッカーを引きはがし、灰色のフェルトを代わりに差し出した。目をブーツから頭の方にあげたシュテレルは、丸顔にかかった金縁丸めがねを見いだした。そこにいたのは彼の元代理人であり、そのブーツが三年前、シュテレルがモスクワに帰還した初日に、そっと踏みこんできて、人生の一大事に判決を下したのだ。ニスをぬった編み上げ靴の持ち主が自分の顧客に気づいたかどうかはわからなかった――わかったのはただひとつ、ラッカー塗りの編み上げ靴が、くるぶしの周りに腫れあがった醜いアスファルトの塊に縒り紐で結びつけられているといった体のぼろ革靴にほとんどぶつかりそうになったあと、つま先をくるっと引っこめると、歩みを速めたということだ。

しかし、シュテレルはお辞儀をする必要がなかった。彼はただ、事実を解読すればよいだけ――より精確には、事実の鎖をつなぎ合わせる積分をすればよいだけだった。フェルトブーツは三年間のうちに履きかえられた――こっちは、まだ付着したアスファルトの塊が凝固しない、彷徨えるブーツの一種が、ひっきりなしに思考をこの出来損ないの出来事に立ち返らせる……。刹那、シュテレルは積分された事実の行列を延長した。もし、以前のように踵の下にフェルトではなく、革があるとすれば、その革の下には、泥と穴ではなく、平坦なアスファルトがあるにちがいない。だが、もしそうであるなら、歩道の表面だけでなく、歩道の上方に――おそらく頭ほどの高さにさえも、あるいは頭の中にもなにか……。そこでシュテレルは瞳をさっとあげて――数年ぶりだろうか――注意深く、用心深くあたりを見まわしたのだった。

帽子屋と時計屋は、修繕のあとがうかがえる陳列ガラスの上で、赤と黒のブリキの看板を分けあっていた。交差点では、塵灰が錐もみしながら落下する錆びた大釜で、新しい歩道になるはずのアスファルトが煮られていた。写真家は萎《しお》れかかったニセアカシアの樹を、青白たる山脈に固定しようとしていた。円い看板を矢がまっぷたつにし、その上に黒い文字で――「力こそ人間の美なり」。壁龕《へきがん》から、積みあげられた本の山が、ふたたび世間に背表紙をむけていた。まるで瘡蓋《かさぶた》が剝がれた跡のように、新しい街の表皮があちこちから……。

ザチャチエフスキイ通りの家に戻ってきたシュテレルは、四つ折りにした紙を見つけ出した。その文字はすっかり色褪せてしまい、文面も、著者をして証明も明晰さも不十分のように思われた。一から書きなおすことにした。次の日までに計画と予算が、記号と数字の無味乾燥な組み合わせ文字の羅列として完成した。そして、シュテレルはふたたび大理石の階段を登って、一面に机が設置された、窓が上下二段に設置されたホールまでその紙を運んでいった。だが今度は、音もなく上下に這うエレベーターが階段のステップを追いぬき、机は几帳面に三列のΠ《ペー》の字状に配置され、紙ばさみの束に押しつぶされていた。ドアの向こうからは、草むらでコオロギが鳴いているように、カタカタという機械音が聞こえてきた。行列は分厚い登録帳を目指して延びていた。

シュテレルは列の最後尾の背中の背後に立った。黒い背中は、年月をへて傷み、緑がかっていた。襟のへりの玉縁は退色してしまっていた。一秒後、彼は摩耗してしまったふち縫いをも見いだしたが、襟がくるりと、今やって来た男の方を振り返ったからだった。

「ずっと立ちんぼだよ！」玉縁はため息をつき、銀色の口ひげの下からぶつぶつと笑みを漉しだすようにした。

「ここは六回目だよ。省力はんだごての特許を取りたいんだがね。きみはなんだい？」

「時間切断機です」シュテレルはぶっきらぼうに答えた。

「よくわからんな」

「あなたには――わからなくていいでしょう」

行列は一アルシン進んだ。

「時間――破時船――破氷船――時挽器――肉挽器」緑がかった襟はぶつぶつ言って、突如シュテレルはふたたび眼から一フートのところに、[*18] その下にもう笑みがなくなった銀色の口ひげを見た。

「それはいったいなんだ？　時間を超えるって？　あるいは……」シュテレルは答えなかった。だが、緑がかった男は帽子のつばの下にシュテレルの額を見るのに成功していた。

「うん、きみのマシン、あるいはなんというか知らんが、それはバックはできるのかね？」

「はい」

「実に興味深いね。もしそれが……じゃないとしたら。ええ……」そして眼がきわめて近くに寄ってきて――「ちょっと列を離れようじゃないか。ここは余計な耳があるから、それで……」

シュテレルはぴくりとも動かなかった。

「いくら必要なんだ？　金額を言いたまえ。ここではなにもえられないよ。もしえられたとしても、それは……あるいはきみには時間が有り余っているのかな？」

最後の問いかけが功を奏した。階段の踊り場で、予期せぬパトロンのかたわら、シュテレルは図面を開いた。シュテレルが紙を引っこめ、階段を降りていったとき、緑がかった眼は文面の半ばまでも滑ってはいなかった。だが、色あせた玉縁は遅れずについてきた。

「全部は把握してはいないが、筋道が通っている匂いがするな。もちろん私はレールと枕木を知っているだけの一介の鉄道技師だ。きみが書くところの、超時間的な旅程は、ぼくのおつむの手に負えない。だけど、わからなくても鼻がきくんだよ。ぼくはきみをパーヴェル・エルピディフォロヴィチに紹介しよう。きみの話がほらじゃなかったら、助言をしてもらおうじゃないか。ところで、きみの額の形はすばらしい。すぐわかったよ」

＊18　フートは古いロシアの尺度で約三〇センチ。

四日後に即興会談のようなものがあった。鉄道技師はシュテレルを、狭く、長い部屋に連れて行った。シュテレルの手のひらは六つの握手につぎつぎと突っこまれた。とはいえ、シュテレルはすぐに顔を見分けられなくなってしまった――いわんや、部屋には謀議の黄昏が充満していたのだから。背中を黄色い夕陽にもたせかけているように、窓台に腰かけていた男が口火を切った。

「シュテレル君、きみが伝えてくれたアイデアの一部だけでは、金額の一部しか出せない。だが、きみが計画が確かなものだという証拠を全部出してくれたなら、つまりきみが我々に――というのは私にという意味だが――秘密すべてを詳らかにしてくれたら、我々は今度は……」

シュテレルは言葉を投げつけてくる暗い楕円に目線をあげた。

「私にとって自分の思考が確かだと証明するのは、あなたがそれを盗まないと証明するよりもずっとたやすいですよ。難しい方からやったらどうでしょう」

「みなさん、みなさん」黄昏にすっかり溶けこんでしまった、色あせた玉縁は慌てだした。「なんだってそうけんか腰なんでしょう。パーヴェル・エルピディフォロヴィチ、ちょっとすみません。ここに集まった株式会社の、いわゆる、最初の株主のみなさんがたは信じることを――シュテレルさんを信用していますよ、こう言わせてください。ええと、発明家には自分の発明を秘密にしておく権利があることを斟酌すれば、私たちはいわば企画のシルエットを購入する覚悟です。なにがあるかはわかりません。明かりのスイッチを入れて、予算の審議に入ろうではありませんか」

ランプ傘が緑の光を投げた。窓台にのった顔の楕円は口の端を動かし、ふたたび話しだした。

「我々は安価かつ、二人乗り、三人乗りの構造を持ったものが必要なんだ、我々を連れて行ってくれる……」

「そう、少なくとも一八六一年まで、[*19] できればもう一〇年ほど遡って、そこでストップ。そんなに遠くまでは行けんのか？　壊れてしまう？」ランプのコードの端がある壁際で、うなり声があがった。

シュテレルは音のした方をふり向いた。垂れた涙袋から尖った錐のように飛び出してきたのは、一組の快活な瞳だった。ぱりっと立てた襟から突きでた赤ら顔には、あまり切れ味のよくない、だがまめな剃刀あとが覗いていた。

「話の腰を折らないでください、将軍」そして、窓台の男は先を続けようとした。

「私を辻馬車かなんかのように雇うおつもりで」シュテレルは吐き捨てた。

一分ほど沈黙が訪れた。

そののち鉄道技師が、シュテレルのひそめられた眉間のしわを見つめたまま、しわを伸ばそうとして一〇〇もの言葉を費やした。その試みは不首尾に終わった。予算についての質問には、無味乾燥な数字が告げられた。二人乗り時間切断機は五割増しの費用がかかる。突然、耳に注ぎ込まれた

＊19　一八六一年にアレクサンドル二世が発布した農奴解放令によって、農奴制は廃止された。

のは、身を震わせる鋭い声だった。

「お前らなんかにはこれ以上びた一文やらないよ。それどころかみんなあげちゃったんだから――銀食器にレース、宝石がついた首飾りや耳飾り。これ以上一カラットもやらないよ。いいとも、私を過去で降ろしてくれ。でもなにを着ていけばいいんだい。自分の皮膚かい?」

「農婆を天国にいれてやれば、雌牛も連れていこうとするとはこのことだ。[*20] ご理解いただきたい、たった一〇年逆行するだけで貴女はすべてをとりもどせる……」

「そこで」鉄道技師の声が将軍のバスに割って入った。「不動産を売却したのち外国に送金し、自分もあとから出国すればいいでしょう。そこから、そう『ル・マタン』や『タイムズ』とかいった新聞ごしに、この超特大革命を双眼鏡を使って高みの見物ときめこめるという寸法です。ルクレティウスはこう言っていますよ――『岸辺に座って、時化《しけ》で他人が沈むのを見るのは甘美なり』」[*21]

ついに、この頑固な株主の説得に成功した。

「いいだろう、だがひとつ条件がある。私が一番だ」

「それは……?」

「至極かんたんな理由だよ。私の過去が私に権利を……」

「そうなったら」部屋の隅で、青いレンズで眼を隠した、禿げた男が蠢《うごめ》きだした。「そうなったら、私の過去はさらに遠くなるじゃないか」

応酬が応酬された。だが、このときシュテレルは急に椅子を引くと立ちあがった。議論は沈黙した。シュテレルは闇の中、出口を探して玄関へと踏みだした。だが、傍らで慌てた鉄道技師が肘にすがって、耳元で説明だか、釈明だかの言葉をささやいていた。彼らは狭い階段を一緒に降りていった。質問の数の方が階段の数よりも多かった。答えはともなわなかった。二つの汗ばんだ手のひらに腕をつかまれつつ、最後の段に立ったとき、やっとシュテレルはこう言ったのだった。

「なんでもいいさ」

手のひらが腕を離した。

気がつくと夜の歩道にいたシュテレルは、一番奥の肺胞まで吸気をとりこむと、頭をのけぞらした。数千もの眼を細めたエメラルドが、地上を凝視していた。

＊20　ロシアのことわざ。だれかになにかを与えたところで、相手はさらなる施しを求めてくるということ。

＊21　ローマの詩人・哲学者のティトゥス・ルクレティウス・カルスの『事物の本性について』から。「楽しいことだ、大海のおもてを嵐がふきまくる時／陸地にたって他の人の大きな難儀を眺めることは。／人の苦しみが楽しい悦びだからというのではなく、／わが身がどんな禍を免れているかを知るのが楽しいのだ。／また楽しいことだ、平原に展開された大きな激戦を／わが身の危険なくして眺めることは」（『世界古典文学全集21』藤沢令夫、岩田義一訳、筑摩書房、一九六五年より）。

8

ザチャチエフスキイ通りにある、正方形に内接する人生と、外接する人生は、お互いにけして交わることがなかった。壁の中の隣人たちが唯一気づいたことは、正方形の域内の足音が、なにか別のもの、一層静かな、こもった音に変化したということだった。この事実に、通例、正方形の中に急いで潜りこんでしまう、両脇に包みを抱えた、首元の玉縁が印象的な男の不定期の来訪を合わせれば、それだけがアパートの四階に居住する人々が――たとえ力いっぱい叩いてみたとしても――記憶からふり落とせるすべてものだった。

いやしかし、実際住人たちの記憶はたいしたものではなかった。調査票と言い争いながら、記憶は、すべての生活を――口で言うのは簡単なのだが――箱にそって――一九〇五年以後一九一四年以前、一九一四年以後一九一七年以前、一九一七年以後、[22]そしてまた××年以後〇〇年以前といった具合に――配列していた。記憶というものはとかく忘れっぽいもので、自分の過去を覚えなおしては、最新号の新聞で現在を確認するのだった。

しばらくすると、まさに隣人たちのただ中で、稼働の準備が進められていたマシンが、最初の衝程で、以後と以前の箱すべてをひっくり返してしまった――これによって過去と未来は、一本の街道に設えられた二本の歩道に変わり、歩行者は、過去にも未来にも思い通りに行き来することができるのだ。

今、シュテレルの仕事に水をさすものはなにもなかった。想念というフィルターによってなんども漉しだされたまさにその構造自体が、論理的にきわめて完成された形をしていたため、その実現には、シュテレルの計画と材料が最初に出会ったときに比べ、著しく少ない労力で済んだ。かくも長く実現と引き離されていたアイデアは、シュテレルの指先から、電子軌道のネットワークに飛び、その原子鎖を切りかえて、世紀から世紀へと通じる秘密の通路を切り開こうと試みたのだ。材料の入手は困難だ。だが、どこにでも入りこむ摩耗した玉縁は、謎のルートで、ありとあらゆるものを入手してきた。シュテレルは完成しないうちは、何人《なんぴと》たりとも仕事に鼻を突っこまないよう要求した。技師の言葉にいちいち従っていた緑がかった男は、入り口からたった二歩だけ爪先立ちで入ったところでこう言った。「いやいや、眼で見るぐらいは勘弁してくれ。これが聖火か、なんて不気味なんだ。いやいや、今出ていく、出ていく、ほんの一秒で」――そして両の手のひらを飛びたとうとする小鳥のようにふりあげ、そっと閉められた扉の向こうに音もなく消えるのだった。だがある日、来客は歩みのリズムと秒を乱した。不承不承仕事からはなれたシュテレルの耳元に、身

＊22　それぞれロシア第一革命、第一次世界大戦、ロシア第二革命の年号を指す。

をのりだして彼はこうささやいた。「イヴァン・エルピディフォロヴィチの容態が思わしくない。*23 他のものはみな彼の元に向かった。これ以上、彼を現在においておくのは無理だ。未完成品でなんとかできないか？　死んでしまう。そうなれば一本の糸が別の糸へと……」今回、来客は目を見るように頼まなかったので、シュテレルは自分から目を見つめた。緑化した服は、しゃがみこむように後ずさりすると、背中でドアを開け――壁と音もなく合わさってしまった戸の影に消えた。同時にシュテレルは客の顔も言葉も忘れてしまい、心安らかに仕事を続けた。

その後、十分な日数が経過した――いまや、機械に命を吹きこむ際に発生する、静かな、くぐもった、ガラスがこすれる音を乱す言葉はひとつもなかった。シュテレルは調整器を何度も検査し、動力機関を空転させてその鼓動に耳を傾けていた。その日は一日中、雨の雫が窓ガラスをたたいていて、夕暮れになって色鮮やかな虹が屋根にかかり、夜が近づくと冷えこみはじめたが、窓はずっと黙りこんだまま、ガラスを開けはなつことはなかった。

件《くだん》の正方形と接する平方面積を占有している住人の口腔内では、雨の湿気が歯根の奥で鋭利な螺旋を描き、歯痛を悪化させていた。枕に息を吐きだしていた住人は、最初のうち壁の向こうの足音を数え、酸っぱいつばを飲みこんでいた。そのうち、足音がぱたりとやんだ。痛みは依然として螺旋を描き続けていた。突然、壁越しに乾いた旋風が襲ってきた。弱い、だがよく響く破裂音がしたあと、釘がパラパラと何かを突き刺すような音が起き、それがしだいに遠ざかっていった――まるで一〇〇本のコンパスが針の先端でガラスを引っ掻きながら、その半径内に向かってでたらめに突っこんでくるようだった。すべてが静まると、こめかみでなにかが——やわらかい木霊を脳内に反響させて——からからと鳴っているだけだった。痛みは消えていた。住人がこめかみのところまで毛布を引っぱりあげると、一分後には脳細胞は彼を眠りへと解きはなった。

　朝、正方形の部屋は奇妙なほど静まりかえっていた。お昼ごろ、ベルがけたたましく鳴り響いた。かなり長く鳴っているものが一回に、短いものが二回。その音の組み合わせと関連するはずの真四角の部屋はなんの応答もしなかった。もう一度、長いものが一回と、短いものが二回。間。鳴動する長記号《ダッシュ》と二重点《コロン》。沈黙する四角形。首を布でくるんだ隣人はずり落ちるスリッパを足にひっかけると、すり足で玄関まで歩いていって、ドアチェーンを外した。慇懃に会釈してくる玉縁は見慣れた顔だったが、がっしりした、軍式にあつらえた灰色のラシャ地に身をくるみ、顔を立てた襟に隠した人物にはまったく覚えがなかった。正方形の隣人は自室の玄関口でうろうろしながら、訪問者を観察していた。薄暗い玄関を通った二人は、シュテレルの部屋のドアの前で立ち止まった。はじめ、玉縁が骨張った人差し指で薄いドアをノックした——部屋はだんまりをきめこんでいた。人差し指の関節でのノックは、中指の関節と合わさって一層骨張った音をたてた。一秒の待機時間

※23　父称（父親の名前、この場合だと「エルピディフォル」から作る名前）が一致していることからパーヴェル・エルピディフォロヴィチの兄弟だとわかる。

のあと、突然、二人目の訪問者の拳がドアを殴りつけた。ドアは悲鳴をあげたが、内側からはだれも答えなかった。玉縁をつけた首は、鍵穴にかがみこんで、ふたたび身を離すとささやいた。「鍵が向こう側から差しこまれています、それで……」——そしてドアをそっとひっかいて、鍵穴に声を吹きこもうとするかのように——「マクシミリアン・フョードロヴィチ、我々二人だけだ、取り決めどおり……」

ドアは相変わらず入り口を閉ざしたままだったが、代わりに両隣の二枚のドアが開いた。好奇心旺盛な鼻がのぞきこんで、だれかが「警察」という単語を発音した。玉縁の連れは襟を目元までたてて、出口の方に丸いつま先を向けた。だがすりへった玉縁の方は、音無しの戸板を手のひらで探りながら、鍵穴のあたりをこすりつづけていた。五分もたたないうちに、鍵がガタンと音をたてて落ち、ドアがばたっと飛びのき、部屋の正方形が一ダースの目にさらされた。左の壁際には、床にのびた空のマットレス、右の隅にはガラスの空き瓶の首が突きでた箱が押しつぶしてしまった本の束、窓のすぐ側には、なにか複数の液体が染みこんだ色鮮やかな染みのあとのある、未塗装の机があった。しかし、染み以外にも机の上には、一ダースの眼をすぐにひきとめるようなものがあった。そこに置かれていたのは、金属製の丸い眼窩から、まばゆい黄色い炎をまたたかせている燭台だった。侵入者たちはもう一度、虚無を眼でくまなく探った——火を点けた男はいない。下あごを布でくるんだ隣人は、壊れてしまった錠前からはみ出している鍵に触れてみた。内側から鍵をかけたはずの当人は跡形もなかった。警官は、鉛筆をつばで湿して、調書に向かってはみたものの、どう書きだしていいものかまるでわからなかった。まさにそのとき、黄色い炎は最後にしばたいたかと思うと、ふっと消えてしまった。

お流れになってしまった旅行の乗客同士の集まりは短く、実りのないものだった。彼らは、傍らを過ぎ去る特急列車の窓明かりに照らされる人々にも似て、闇から闇へと身をくらましていた。すりへった玉縁は完全に打ちのめされていた。緑色はコートから顔にまで這いあがり、口ひげはぷるぷると痙攣していた。「だれがこんなことを予想できたでしょうか……だれが……」

「おまえが」――金切り声とともに将軍が襟を逆立てた。

「『この発明家は天才だ！』みたいな戯言を言いだしたんだ。その結果、金をせしめてずらかった――こりゃ、古い手口の発明だよ」

「あたしの宝石を返しとくれ！」

「そうだ、宝石だ。とんずらしたペテン師をつかまえるんだ。モスクワ刑事捜査局に行って……」

「それはできかねます。私は刑事捜査局には行きません。行って、奴らがどうでるか、ごらんになったらいいかが……」

そこで会話は立ち消えになった。たしかにまだ多くの悪態、お互いにつつき合う言葉が飛びかったが、そこに前向きな力はなかった。

言うまでもなく、ザチャチエフスキイ通りの空っぽの正方形は、抱えこんだ虚無を早晩に失うことになった。不思議な燭台が完全に冷え切らないうちに、だれかの寝台が脚で床をぎしぎしきしませながら部屋に押しこまれ、棚が釘をくいこませながら壁を這いのぼった。モスクワ——巨大で扁平な人間の巣は、空になった平方アルシンに、足音が静かで髭をきちんと剃った、肘から書類カバンを生やした猫背の男を即座に押しこんだのだった。

正方形のために住居割当命令書を交換した新しい間借人は、自分の住まいにさほど関心を払わなかった。朝から闇夜まで、書類カバンは会議から会議へと、紙ばさみから紙ばさみへと、「ナンバリングされた書類」から「書類」へと自分の主を連れ回した。夜になると書類カバンはふくらんだが、カバンの持ち主はぺちゃんこになり、骨を折って四階までたどり着くと、寝台の四つ足の支えを求めるのだった。彼の時間は、会議等への出席ゆえの不在と、不在じみた滞在の間（スイッチをぷつりときってしまう、あの深い眠りをそう呼ぶことができるなら）で、極めて厳密に分割されていたので、間借人はある程度の静けさと聴覚の緊張を要する、微妙な、だがそれでも十分奇妙な現象に気づくのにかなりの時間を要したのだった。この現象を新しい間借人が観測したのは、一一月七日と一一月八日にかけての夜のことだった。*24 この日、書類カバンは、男を解放してひとりにした（この時点ですでに十分奇妙な事態と言ってよいのだが）。夕暮れ時に帰り着いた男は、後頭部を両手のひらの上に横たえた。壁の向こうは静まりかえっていた——祝祭日は人々を娯楽や劇場に連れだすのだ。間借人は目をなかば閉じたが、流れていく無数の赤旗の川、何千もの肉体を揺らす人波を見つづけていた――突然、彼は静かな、極度に静かな、だが明瞭でリズミカルな音に気づいた。初めのうち、音は脳の中でいまだにざわついている昼間から、その境界を通って移行する際に生じるわたり音とも、巻きほどしたテープにそってパンチ穴を空けている音かとも思われたが、その後、音は実在性を蓄え、輪郭をはっきりさせていったので、寝台から身を起こした男はその所在を明らかにすることができた。機械的なまでに規則正しい、ガラスが空気を突き刺すような音が、部屋の立方体に充満している薄暗がりのどこからか聞こえてくる。机の上か、その一アルシン右か、だ。間借人はベッドから脚をおろして、その現象の方へ踏み出そうとしたが、その時建物の入り口がドンと鳴って、隣人が廊下を歩くパタパタという足音がした。かぼそい、可聴域の閾値ぎりぎりの音は、域外へと追いやられてしまった。しかし正方形の住人は、この、おそらくはつまらない出来事になぜかしら不安になり、とにかくそいつを待ち伏せしてもう一度自分の知覚を確かめてみることにした。まさにその夜、建物が落ち着きはらい、正方形の周囲が静寂でぴたりと閉じあわされると、男は枕から耳を離してそばだてた。耳に残ったベッドのざわつきは最初のうち音をつかまえるのを邪魔したが、静まりかえった血潮を貫いて、少しずつ、静かだが、はっきりしたカウントが

＊24　一九一七年、ボリシェビキにより一〇月革命が起こる。革命前はユリウス暦だったため、グレゴリオ暦の一一月七日が革命記念日になった。

点線のように刻まれていった。住人は一晩、また一晩と苦しんだ。ついに、医者に相談した。黒い管が、心臓と呼吸をしばし聴診した。医者の手のひらのへりが、膝を叩いて反射を検査したあと、患者に父、祖父、曾祖父の病歴を思い出すように命じた。指でペンを握った手のひらが、臭素系精神安定剤を処方し、握手の形をとり、支払いの札を取りのけた。

臭素系精神安定剤は現象を矯正しなかった。針でパンチするような音は、静寂を待って、あいかわらず、まったく機械的な単調さで整然と発生するのだった。住人はこの「静寂メーター」との遭遇を避けるようになった。二、三晩続けて、口実を探して同僚のところで過ごしたが、ついにこれ以上口実を考えられないとなると、自分が静寂メーターと呼んでいるものを同僚に打ち明けた。同僚ははじめ眉を上げたが、次いで口をゆっくりと引き伸ばした。

「えー、うん、きみは見たところ、神秘家なんだな。ホイストでもどうだい？　虫なんかで大騒ぎするのは恥ずかしいぞ」

「どういうことだい？」

「こういうことだ。非常に温和な性格の虫がいるんだが、こいつは壁や棚や机の天板にもぐりこんで、カチカチカチという音をたてる。詮索好きなフナクイムシ、学名はなんだか忘れたが、フランスでは『運命』と呼ばれている、デスタン、あるいはなんかそんなようなものだ。そう、だからきみはそのシャクトリムシだかデスタンだかにおびえているわけだ。まったくまちがいないよ」

ザチャチエフスキイから来た泊まり客は同僚にいぶかしげに問いただし、事の詳細を要求し、朝方になって昆虫図鑑にずぶずぶ嵌まり込んだあと、探していた物を見つけ、読みとおし、読みなおし、精神的圧迫から解放されたのを感じた。

その日の夕方になって、彼は心安らかに自室の正方形に収まり、静寂にもそのメーターにも起こされることなく、夢もみずに眠った。

9

一日の干潮と満潮とでも言うべき、寄せては返す太陽光線は、そのたびごとに、そっとなにかをもたらしては、なにかを奪いさっていく。クレムリンの壁ぎわに並んだ墓の盛り土の列は、次第に長さを増していった。門奥の五つ頭の寺院は引潮に飲みこまれ、その跡地には丸石の山が積みあげられていった。トラックは蒸留酒を飲むのをやめると、酒臭い口臭を吐き出していた。屋根の勾配の上では、ラジオの音が、針金製の蜘蛛の巣を編みはじめていた。円口類の伝声管が周囲に何千という貪欲な耳殻を集めていた。バスの雌牛が、膝のスプリングを痛めながら、窪みから窪みへと体を揺らしていた。古びた夏の宮殿《ペトロドヴァレツ》の後方に、四万の眼を集める巨大なスタジアムが、石造りの楕円のように伸張していた。セバステの四〇人の殉教者通りはディナモ通りに名前を変えていた。ノヴォブラゴスロヴェンナヤ通りでは、[*25]最初のウォッカ工場の煙突があたりを煤《すす》けさせていた。新興都市の住人の鼻は、汗の臭いと、一ルーブルのオーデコロンに突っこまれ、たまに外国製のシプレのそよ風につきあたった。ザチャチエフスキイの正方形の住人は、背中の曲線を詰め襟の制服ではなく、まだ背広に通していた。机の鮮やかな染みの上には、オークションの小槌が三度叩かれて所有を確保されたテーブルクロスが横たわっていた。書類カバンは——摩耗し、黄ばんでいたがそこまで古いわけではない——四つ足の寝台から四つ足の事務机に、あるいはその逆に出入りを繰り返すだけの袋小路にいまだに主人を導いていた。鍵は鍵穴からポケットへ、ふたたび鍵穴へ。そしてついにあるとき、鍵の前にぽっかり口を開けたのは鍵穴でもポケットでもなく、言うなれば、深淵だった。多分、いや無論、鍵を深淵に挿し込んだら、左から右に二度まわすのだが、実際に住人はそうしたのだ、しかし……。ここで時の神《クロノス》の論理を破る必要はないだろう——ごく一般的な言いまわしを使えば、順序を追って《クロノロジカル》話したほうがいい。

自室のドアに住人がたどりついたとき、いつもどおり一一時をまわっていた。廊下はアパートが寝静まっているため、暗かったが、住人はこの闇をそらで覚えていたため、明かりの助けを借りる必要はなかった。戸板から半歩下がったところに立ちどまって、彼は書類カバンを右手から左手に持ち直し、鍵をポケットに求めた。そのとき、彼ははっきりと耳にした。室内を対角線上に移動する、くぐもった、だが明らかにだれかの足音とわかる音がした。足音はそろっておらず、とぎれがちだった。隅まで行ったかと思うと、立ち止まり、二、三秒後に再開するのだった。泥棒だろうか？　アパートを起こさなくては。しかし、万が一、持病、デスタンが幻覚を繁殖させたせいで、彼にしか聞こえないものだったらどうする？　泥棒が振り子のように部屋を端から端までいったりきたりするものだろうか？　泥棒なら、ドアも破られているはずだ。思考を追いかけて、手はドアに向かった。閉まっている。ということは……。暗闇に立ちつくした住人は、心臓の苦しげな鼓動を聞いていた。指の間に鳥肌がそばだち、自分が鍵を持っていることを思い出した。ドアを仮想空間に開けはなって、神経過敏なせいだとはっきりさせなくては。ぴくっと動いてしまった——書類カバンが脇から滑り落ちて、ばったりと床をうった。足音はとぎれた——一分ほど、住人は静寂に耳を澄ませていた。音はない。「終わったんだ」心臓が鼓動を弱めた。ほとんどやすらかといっていいくらいの心地で、彼は鍵穴を探りだすと、二度、鋼をまわした。ドアのこすれる音に続いてすぐ、短いが大きい悲鳴があがった。敷居のすぐ向こうに、窓枠の向こうの秋の夜の街を背景にして、上背のある上半身を折った男の黒い輪郭が立っていた。

壁という壁からスイッチがカチッと鳴る音が聞こえた。一〇本もの裸足の脚が、助けを求めて床板を叫ばせていた。だが、今や明るくなった正方形では、うつむき加減の男が、容易にスイッチを

＊25　現在のサモカトナヤ通りにあたる。

切ることなどできそうもない存在感を醸しだしながら立っていた。ぼろぼろの服を纏った男の、痩せた面長な顔は、赤茶けた毛髪の火の手に掌握され、広い額を棒引きするかのように横切る傷跡は、燐の青白い光沢を放っていた。髪に絡まった水銀の芋虫が、螺旋のとぐろを巻いてぴくぴく震えていた。男が手で払いのけると、螺旋は灰のように宙に溶けてしまった。ザチャチエフスキイ通りの住人たちの剝きだしのかかとは、寝台と夢から不意に引き抜かれ、茫然としたまま床板を踏みかえていた。周囲をうかがっていた、額に横線が引かれた男はこう言った。

「一八世紀まではまだ遠いでしょうか？　私は……」

そしてもう一度、周囲を見まわして理解した——遠い。そして、黙りこんだ。そのかわりに、どうやらこのときまでに無駄に覚醒を強めていった他人の声が、先を争って音を出し始めた。侵入者の背後で扉が音高く閉められたとき、まだ朝はクレストフ関所にそびえる二本の塔の上に腰をあげるまえだった。シュテレルは冷たい、黒い空気に肩をすくめて、無人のザチャチエフスキイ通りに敷きつめられた石の蛇行の上を歩きだした。

自分の筋肉が穿孔していく空間を、シュテレルは窮屈で息苦しく感じていた。かくも長くひき離されていたせいで、よそよそしくなった空気が、ねっとりまつわりついてきて、通り抜けにくいのだった。街路樹には一枚の葉もなく、力みで疲れてしまったシュテレルが歩みよっても、微動だにしなかったが、周囲の空気はすべて静止した風といった有様で、風速はゼロに等しいが、風力は無限にまで増加していく。時間の持続の世界から空間の広がりの世界に帰還したシュテレルは、自分を泳者のように感じていた――恒常的に波うち、肉体を癒してくれる海面を切り開いていたと思ったら、突如、海が牙を剝き、緑色の浮き草の下、正方形に連結した湖岸が作る狭い領域――静まりかえった淡水湖――に投げだされてしまった。

最初のベンチがシュテレルの膝を折った。腰を下ろして汗をぬぐったシュテレルは、ベンチの反対側の端が空いていないことにすぐ気がついた。だが、空いていない端の方では、彼のことにだいぶ前から気づいていた。消灯された窓が並んだ壁二枚に挟まれたまま、寝ずに過ごしていた女は、夜間歩行者には職業的な注意を払っていた。どことなく奇妙な、蹴りあげるような、ぐらぐらした足どりで近づいてくる――どうかしら――夜の残りをルーブルに替えてくれるつもりかどうか。またふらついた――これは好都合。酔っぱらいは休んでいきやすい。

一分ほど黙っていた女は、投げだしていた両脚を揺らしてみた。ベンチの逆の端に座った客は、近寄ってこずに黙っていた。そこで女は客の方を向き、こう言った。

「お散歩かしら」

返答はない。さらにまずいことに、酒の匂いもしない。場数を踏んだ視線が、闇を注視する背の高い人物をスケッチしていた。もう、まったく疑いの余地はない。文無しだ。女はさらけだしていた膝小僧にスカートを引っぱってかぶせた。そしてあくびをかみ殺しながらこう言った。

「よそから来たの？」

男の姿は少しだけ前方に身を乗り出した。女は口笛を吹いた。

「どうやってここまで来たの？　こんなところでなにやってんの？　ケツでベンチを拭いているの？　モスクワになにを探しにきたの？　古きよき日？」

男は問いの方に体を向けた。

「そう」この二音のあと一秒の間があき――「古きよき年。一度ではよくわからなかったけど、なんどもなんども繰り返し通ってみれば……」

男の声調と抑揚は真剣そのもので、余裕がまったくなかった。女は用心深く隣人を見つめていた。カナトチコヴァからきたのかしら？[*26]

風で空気が少し震えた。会話の軌道を修正しようと、女は言った。

「夜はもう残り少ないわ」

薄明の中で、次第にくっきりしてきた隣人の輪郭は、地面に向かっていっそう身を低くした。

「私はそんな風には言えない夜を知ってるよ」

これは一緒に寝ようという申し出にはほど遠かった。その上、隣人はちょっと笑って頭をのけぞらしたのだ。女は立ちあがるとスカートを払って歩き去った。五〇歩も行ったところで振り返ってみた。薄明に包まれた、背の高い、鋭角的な輪郭は、地面に身をのり出すようにして座り続けていた――なぜかはわからなかったが、昨夜の最後の客のことが女の頭をよぎった――迫られ、のしかかられ、地面に押し倒された。

しばらくして、石造りの巨大なビルの向こうのどこかからか、発酵途中の赤いパン種《だね》のように色味を変えながら昇った朝焼けが、ビルの屋上に光の飛沫《しぶき》をはねかけ、黒く染まった空気を塗りかえていた。シュテレルは不動の体勢を崩さなかった。通りのフェンスの向こうでは、ガタゴトと通りすぎる空の箱馬車が、ゴミ箱を避けていた。街路樹と街路樹の間の地面を削りとりはじめる箒。お互いにガタガタぶつかりあいながら引きずられていく牛乳缶。遠くのどこかで、路面電車の車両がレールのカーブで歯ぎしりを始めた。四本脚で複雑怪奇なダンスのステップを踏む二人組の酔漢は、運指法をからませながらも、ジグザグに歩道を通り過ぎていった。眠りへと急ぐものもいれば、まだ目覚める気のないものもいたが、前傾姿勢で腰かけ、思考の波に剝きだしの額をさらしている男の姿は、しばらくはだれの足もひきとめなかった。惜しいことに、通行人の中には——ついでながら生きている人の中にも——幽霊を専門とするあの作家はもういなかったのだ——彼は最近までモスクワの大通りに敷きつめられた砂の上で、夜明けを過ごすのを愛していたのだが。不眠症の人物との出会いは、ラザロについての短編を根本的に校訂させただろう。[*27] 街はじょじょに鍵の

＊26　カナトチコヴァ・ダーチャはモスクワ近郊の精神病院。
＊27　日本でも『血笑記』や『七死刑囚物語』などの翻訳で一時期よく読まれていた象徴主義の作家、レオニード・アンドレーエフ（一八七一－一九一九）による短編「ラザロ」への言及。この短編で、イエス・キリストによって蘇生したラザロは、他人から生を吸い出すゾンビとして描かれている。

下からカチカチという音をたてはじめていた。小道に沿って、道を急ぐ歩行者がシュテレルのベンチに視線を投げかけた。極小児二人分の朝の酸素を補給しようと表に出てきたお雇い養育係の女性は、シュテレルの影を避けて、となりに腰をおろしたそうにしたが、眼の編み針が石化した男にぶつかると、こどもたちを引きずっていってしまった。極小児のうちひとりは、連れ去られ際に、ごわごわした指にしっかり摑まれたまま、ピーピーと声を出した。

「へんなおじさん」

若いジプシー女は、垢じみた絹に突っこまれた腰をせわしなく振りながら、砂上に描きこまれた不動の影を踏みつけて、トランプ札を手のひらで叩くと口上を切りだした。

「旦那、占ってみないかい？　幸せになりますよ。大金が手に入りますよ。ハートの女王があんたを好きだってさ。国有住宅のことも。国外脱出もね」

突然、女の眼が動かない影の持ち主の眼とあった。ジプシー女の鼻は狼狽で痙攣し、弓形の黒い眉の下で瞳は風に煽られた火花のように散大した。カードを袖口に隠すと、女は慌ててさっと離れたが、曲がった足の周囲に、巻きつき、巻きほどく絹がくるくる舞いあがっていた。

一日は加速しながらどんどん通りすぎていった。プープー鳴る自動車のクラクションが、空気に穿孔してきた。並んだ街路樹にそって新聞名の絶叫が通りすぎていった。間節をばらばらにされた慌て者の影たちは道行く人々のまわりで身もだえていたが、砂利の上の不動の黒影に滑りこんできてしまっていた。誰かの五コペイカ銅貨が、石化した人影とあやうくぶつかりそうになり、仰天して、後方に飛びずさってポケットの中におさまった。となりのベンチのはす向かいに、掃除人の肘とブラシが跳びはねた。塵は何百万という灰色の点になって右往左往しながら、ガラスの光沢の中や呼吸する袋の中に避難所を探していた。

　突然、シュテレルは自分の名字が呼ばれるのを耳にした。名字はもう一度、さらにもう一度と繰り返されたので、影とその主《あるじ》をわずかに動かした。開いたまぶたの前に、3／5の手がにゅっと突きだしてきた。腕があまりにしつこく伸びたままになっていたので、シュテレルは、純粋な反射から三本指の手のひらを思わず握ってしまった。

「こんなところにきみがいるなんてな！　ほら、あのときの！　俺は指は何本かなくしちまったけど、記憶はなくしてはいないぞ。どうしてどうして、きみから四つとなりの寝台さ、収容所、捕虜生活。忘れちまったのか？」

　シュテレルは誰だかわからないまま男を見ていた。八本指の人間は、左脇に押しつけた重そうな本の束の下に片方の腕をたくしこみ、残ったほうの腕をせっせと曲げたり伸ばしたりした。

「あの時から俺は気づいてたんだ。こいつは利口な人間で、俺たちとは出来が違うってな。ドイツから来たみたいで、人種が違うっていうか。もちろん、俺たちが気づくのは難しいんだけどさ。どうも蚊が一匹いて、知恵を授けてくれるんだけど、その翅はへとへとに疲れている。頭じゃなくて、鼻で嗅ぎつけたっていうのかな、あんたの眼からあふれでているあんたの考えに、あんたは足をとられちまって、立ちあがれないだろうってことさね」

返事がなにもないので、しゃべっている男はきまりが悪くなって帽子のひさしに手を伸ばした。だが、帽子は別れの挨拶のかわりに、左のこめかみから右のこめかみに回ったあと、右のこめかみから左のこめかみにもう一度回り直した。

「ジュジェレフ。プロフ・ジュジェレフ。あんたが着ているものって……はっきり言ってなにも着てないみたいだ。頭も休む場所が必要だ。バイオリンにもケースの住まいが要るってところさね。行こうぜ」

太陽が天頂を転がりすぎるよりも早く、シュテレルは住居のようなものに住むことになった。どうやらクルチツキイ・ヴァル通りにある家屋の屋敷番をしているらしい、精力的なジュジェレフは、空間の捜索にさほど悩まなかった。階段がつくる斜線の下にこっそりと、窓のない小部屋が三角形を作っていた。南京錠がかけられた戸の前には薪が積まれていた。ジュジェレフの八本指は、薪を放りだしてシュテレルを放りこんだ。白樺の丸太が詰めこまれていた三角形の底辺にそって、補修したござが敷きつめられ、斜辺から近視のランプが垂らされ、底辺と垂直になった辺の接合部に置かれた足の短い腰掛けが机の代用品になった。

「これがあんたのケースだよ」ジュジェレフはにやにやして、口ひげと笑みを、十字を描くかのように伸ばした三本指でまっすぐになでつけた。[*28]「ここで太りたくても、壁が許さないだろうな」

この後、紐とじの登記簿に住民の名を収容しなくてはならなかった。住宅委員会は初回は抵抗したが、次回は判子を強く押しつけた。

長い道のりの後で疲れきっていたシュテレルは、ござの上で手足を伸ばし、膨らんだ眠りの横隔膜を通して、頭上で段をつまびく靴底の音を聞いていた――駆けあがったり、駆けおりたりの走句《パッセージ》に急ぎ足のアルペジオ奏法。石の鍵盤を叩く一〇組の靴底から、シュテレルの目詰まりしていない聴覚が、上階の自室に駆けあがる男の、突発的なスタッカートを聞きわけていた。これぞヨシフ・スティンスキイその人であり、彼とシュテレルとの出会いが、後に見るように、両者にとって重大な意義を持つことになる。

10

文学者ヨシフ・スティンスキイのペンは、稀に見るほどせわしない性格が特徴だった。それはごく短い戯評の中でさえせかせかしていたかと思えば、経済社会学論文の緩慢な意味と刊行周期に嵌

＊28　正教会では親指・人差し指・中指の三本で十字を描く。

まりこんでしまうのだった。インク瓶に浸されたペンは、未完成のフレーズとともにけして乾くことがなかった――そのペンは滑る技術は熟知しているが、滑って転ぶことはないし、新事実と新考察にいちいち華を添えることができた。非対称に嵌めこまれたスティンスキイの灰色の眼は、風変わりなやぶにらみで、熱心に光と影を浴びようとした。今日は光を蓄えたかと思えば、翌日は影が価格をつりあげ、スティンスキイは主旋律を半音ずらして、長調から短調へと転調させるのだった。本棚には、パリ製の黄色い革張りの愉快な小冊子のかたわらに、フッサールやマルクスの『哲学の貧困』のような薄い本があった。手短に言えば、スティンスキイはアルファベットとつきあう方法を知っていたのだ。スティンスキイに好意―悪意を抱く人々の認識によれば、彼は間違いなく文学の天稟《てんぴん》に恵まれていた。スティンスキイはひょっとしたら――条件さえととのえば――なにかを成しとげるかもしれなかった。このいまいましい「かもしれない」にペンが引っかかってしまってからすでに二年近くがたち、ペンは気がつけば一級品の文学のショーウィンドーの外に追いだされていて、肉厚の文芸誌への出入りも、ページ換算の給金も失っていたのだった。この括弧付きの「かもしれない」が足を滑らしたのは、奇妙なことに、一見たわいもない、「革命の槌と競売の小槌」という一本の論文だった。編集部の注文を受けて執筆されたこの論文で論じられているのは、ガラスを粉砕し、金属を鍛える革命の槌が後景に退くやいなや、競売の小槌のか細い事務的なノックがはじまり――額縁の中、レリーフが施された蓋の下、人が隠れた甲冑の中といった――あらゆる心やすまる場所から叩きだされた古きよき世界の小物たちを叩き壊していく。編集者の書類カバンは、二本の槌についての論文に好意的だった。しかし、なんの巡り合わせか、この論文はカバンの中に通例よりもいくぶん長く店ざらしになってしまった。遅れて刊行された論文はぱったりと倒れてアクチュアリティーを失い、以降、著者はまったくテンポをとり戻すことができなくなってしまった。資格喪失は、よく知られているように、収入の資格喪失をうむ。結局、スティンスキイは『偉大な人間』を書かざるをえなくなった――任意の偉人を一〇ページかそこらで片づける廉価なパンフレットのシリーズだ。スティンスキイは見る間に腕をあげ、『偉大』は彼のペンの下からふりそそぎ、紙幣に変わった。シリーズの著者は自分の仕事にうぬぼれてはいなかった。彼はこう述べている――「ここで生きているものがあるとすれば、冊子を綴《と》じている生糸だけだ」。だが、癇癪が爆発した瞬間には、スティンスキイははるかに荒っぽく表現した。「くそったれ、蠅の糞がこびりついた偉大なる死人どもには飽き飽きだよ。ところが、生きてる奴ときたらどうだ。ちょっとした偉大さなら、そこらじゅうでお目にかかるが、真の偉大さには、見たところ、とんとお目見えしない」そして、またつぎのパンフレットにとりかかるのだった。それは、こう書き始められるのが常だった――「これは商業資本が労働者を搾取していたときの話です……」あるいは「ヨーロッパ大陸には手狭だった資本は、遅かれ早かれ、アメリカを発見したでしょう。ヴェネツィアの商人のコロン……」あるいは「助産婦の息子ソクラテスは、古代アテナイのプチブル・インテリゲンチア階級でした……」。

階段下の住人と会う前に、上階の住人はまったくの偶然から居住者名簿の記述に出くわしていたのだが、それはまず彼の視線を奇妙な筆跡でひきとめたあと、別の類の奇妙さでもう一度ひきとめた——「シュテレル・マクシミリアン」という角張った文字の右の欄には「三四歳、独身」とあり、そして「出身地」の欄には「未来から《イズ・ブードゥシチェヴァ》 из Будущего」とあった。きっと、だれかの真面目だが不器用な手が——すぐにスティンスキイは推理した——小文字の「б《ベー》」を大文字「Б《ベー》」にひき伸ばすとき、その文字と左の鎌状の「с《エス》」とくっつけてしまったのだ。ということは、「未来村から《イズ・ス・ブードゥシチェヴァ》 из с. Будущего」だ。田舎から出てきた友人を一時的に泊めようと、紐とじの帳面に記帳したスティンスキイは、それをジュジェレフに返すさいに、波紋をたてぬよう用心深く、疑問符にくぐらせて言葉を投げてみた。

「ねえ、プロフ、この未来村がある県ってどこだっけ？　思い出せなくてさ……」

ジュジェレフの眼が、にやにやしながら見つめてきた。

「たぶん、これは村じゃなくてべつのところかもしれんな。警察《さつ》が言いがかりをつけてこないようにするためだろ。まあ、どんな理由があるにせよ、頭がまわるんなら、人を質問責めになんてするもんじゃないぜ。薪だったものが、今じゃ人間になっている。薪は動かせるけど、人間は……」

だが奇妙な記帳に書かれた文字列のうち、わずか一文字「с《エス》」についての解釈を得たにすぎないスティンスキイは、「未　来《ブードゥシチェヴァ》 Будущего」の残りの七文字についても推理することを決心した。その日と翌日の朝に玄関口を通るとき、折りたたみ式聖像画《イコン》を二つに割ってななめに押しこんだような、階段下にある閉鎖された戸板をよく観察してみた。黄一色に塗られた板は微動だにせず、奥からは物音ひとつしなかった。スティンスキイいわく、彼は狼が犬にまぎれるために利用すべき夜になって、[*29]物事の核心に向かう習慣があった（またスティンスキイの表現だ）。音を陽気に変化させながら口笛を吹き、ボタン穴から一輪の花を揺らしつつ、手すりに手をすべらせながら階段を下りていると、不意に階段下の三角形から物音がした。スティンスキイは手すりから体を二つに折ってのぞきこんだ。ななめの折りたたみ式聖像画《イコン》が開けた垂直な隙間を、バネじかけのように飛びだして直立したのは、肩幅の広いひょろっとした男だった。薄闇を眼光で貫き通そうとした文士がかがみこむと、花の滑りやすい茎も前かがみになって、ボタン穴から飛びだして宙に身を投げた。

「すまない、折れないでくれ、いま自分で……」

だが、折りたたみ式聖像画《イコン》から出てきた男は、屈みこもうというそぶりを見せなかった。降りてきたスティンスキイが最初に耳にしたのは、興味を惹きつけるその花がたてるバリバリという音で、自分で薄闇の中であわてて踏みつけてしまったのだった。引っ越してきたばかりの男の顔はスティンスキイの眼からほんの一アルシンのところにあった。スティンスキイは驚いて、手はすぐに

＊29　フランス語の慣用句「entre chien et loup 犬と狼のあいだ」――犬と狼の区別ができなくなる夕暮れ時を意味する――を踏まえた表現。

帽子への道筋を見つけだせないまま、舌のほうが言葉にたどりついた。

「お会いできてなによりです。ヨシフ・スティンスキイ、イヌです。おわかりになりますか？『イヌ пс《プス》』というのは、われわれ『イズヴェスチヤ』的な『作家 писатель《ピサーチェリ》』を指す略称です。[30] 作家トゥリニャーク同志とか、尊敬すべきシリンスキイ師匠とか言うかわりに、[31] たんに『おい、イヌ』と言うわけです。想像していただきたいのですが、そこらの界隈では、イヌがイヌを追いながらやって来るんですよ。木曜に私のところで文学の『イズヴェストニャク』が集まりますよ（これについての報せ《イズベスチ》はありません）。よほど前からモスクワにいなかったようですね。この辺りはずいぶん変わったでしょう」

「そうだね。一九五七年からは変わったね。もしきみが変えたければだけどね」

　この返答があまりに奇妙だったので、スティンスキイは一歩飛び退いた。

「失礼、しかし今年はまだ……」

　この後も会話は階段を離れないまま、二〇分ほども続いた。シュテレルの手のひらを、自分の手のひらで哀願するように握りしめた、スティンスキイの最後の言葉はつぎのようなものだった。

「つぎの木曜日に待ってますよ。いや。いや。必ず。くそっ、脳がひっくり返ってしまう。ぼく自身があなたのところに行きますよ。好むと好まざるとね、はっは。とにかくあなたとイヌたちをひきあわせますよ」

会合にやって来た、髪を振り乱したスティンスキイは、発せられた「私はあなたがもう……」にも一言の返事もなかった。彼の「対象」は――今度は黄色い髪の女流詩人兼無対象芸術家だったが――いかにも情熱の対象といった風情で、もう長いこと自分のドレスや受け答え、細めた目やキスのことを考えていた。だが、キスはどこかへ素通りしてしまい、目は細められず、むしろ広げられた。スティンスキイの名が女性たちの間で否定的な感情を呼び起こすことはけしてなかったが、今回はなにかそわそわしていて気もそぞろだった。ボタン穴のところを持ったまま、神経質にスーツの折り返しをいじっていたが、まるで自分をどこか前方か上方に投げだそうとしているかのようだった。

「どうもぼくが会ったとき――これを話すことさえおっかないんだけど……うん、そう、ぼくが自分のパンフレットでやっつけた人物のうちのひとりみたいな感じなんだけど。言いあらわしがたいというか、どんな言葉にもおさめるのは無理なんだけど。ガリバーの手のひらの上に気がついたらいるって感じでさ。手のひらを握られたらぺちゃんこさ。外見は家賃を払わずに夜逃げする人《ムーンライト・フリッター》みた

＊30　『イズヴェスチヤ』は、ソ連の日刊紙で、政府の見解が発表される公式紙だった。

＊31　それぞれ作家ボリス・ピリニャーク（一八九四－一九四一）、批評家コルネリイ・ゼリンスキイ（一八九六－一九七〇）のパロディ。

いかな。だけど……」

「聴いて、私のヨシフ・ブオトコ《ニプレクラースヌィ》さん、もしあなたが『逢引き《テタテト》 tête à tête』をゆるしてくれる女のところに行ったのなら……」

「tête à tête ――頭に頭を重ねて《テタテト》、か。たしかにあれはぼくの人生で初の、真の tête à tête だったな。頭と頭、心と心。ふつう、キスをするとき頭の中身同士は一〇〇万露里離れているからね」

「恩知らずだけじゃなくて、その人って気まぐれなのね。もっと近くに座ってよ」

「薄闇を通して、ぼくは言葉を見極めることができたんだ。だけど顔は無理だった。あの顔はぼくには蒼白に見えたけど、ぼくはなぜかよく覚えてるんだ……」

「今は私の腰《ターリヤ》を抱いてよ」

「ええっ、喜劇《ターリヤ》の女神だって？　悲劇《メルポメネ》の女神を抱くんじゃなくて？*32　とにかくぼくは太陽と地獄の最下層の炎で灼かれたダンテの顔の伝説を思い出したよ。いいや、憐れむ必要がない人間をこんな風に憐れんではだめだ。彼らにとって憐れみなんて意味がないし、ぼくはといえば自分が書いた一連のシリーズと一行いくらのはした金に忠誠を誓ってるんだから。『イヌたち』をけしかけて八つ裂きの刑にしてやるほかないさ。ぼくらはつま先立ちで飛びあがって、向こうを一度ぽっきり折れさせてやるしかないさ」

11

木曜の前日になって、ジュジェレフはシュテレルの住居を注視しておくよう厳命された。スティンスキイは自分の会合の要の「釘」が抜けてしまうのではないかと考えると、血も凍りつきそうだった。

九時になって、イズヴェストニャクが集まりだした。上階の漂白された壁に囲まれた大きな部屋は、扉だけでなく、二枚の大きな窓も開けはなったが、その鎧戸は、モスクワの灯の輝く点描をやさしく迎えいれていた。三〇分がたち、頭上で紫煙がくゆり、だれかの、妙に脳をひっ掻いてくるエピグラフが耳から耳へとまわされていた。窓の下、壁にそって平延べにされた客たちの背中の陰では、木炭と鉛筆が押し付けられたり、走らされたりしていた。部屋の隅では、寄り集まって山となった頭と頭の間を、最新の政治小咄が、地口の糸玉になって転げ回っていた。脚をぴんと伸ば

＊32　ギリシア神話の喜劇の女神（ターリヤ／タレイア）と悲劇の女神（メルポメネ）を使った言葉遊び。

したベンチと椅子に散らばったモスクワのイズヴェストニャクの中で、見つかるものと言えば――冷血動物の胸に詩の白熱を帯びた若い詩人。口を開いて気を紛らわすことがない「二六カ国語で沈黙している」学究肌の言語学者。著名な映画監督のアイデアは、身振り手振りをまじえて盛んに主張したので、六本腕のヴィシュヌ神のようなありさまだった。脚をゲートルで締めあげ、頬をひきつらせた、「それはさておき」が決まり文句の面長の小説家。長老評論家の、白髪が遠巻きにした肉づきのいい額。無対象芸術家の深い襟ぐり。後頭部に開いた目のようにきょろきょろあたりを見まわす、念入りに櫛でとかされた編集者の禿。カフスの下から伸びた、風刺画家の神経質そうな曲がった手首。コップの中を回り終えてしまったスプーン。冷血動物の胸で結んだタイをいじりながら、詩人が立ちあがって舌っ足らずにこう言った。

「この詩を朗読してくれと頼まれたのですが……」

だが、ホールの中央に歩みでたスティンスキイは、腕の動きで客の目を詩人から、窓の暗い、ぽっかり開いた長方形に内接する、ひょろっとした男の不動の背中に導いた。

「すいません。今日の夕べを、『今日』という言葉を処分した男に譲ることにしましょう。『イヌ』のみなさま、こちらがシュテレル氏、時間切断機の発明者にて、時間を超えた処女航海について話せることを話してくれる人物です」

自分の名前が呼ばれたことへの返事としてシュテレルは顔を会合の方に向けた。シュテレルは出っ張った窓台をつかんだまま、立っていたところに立ちつづけていた。その肩の向こうから、街の黄色い、青白い灯が見つめていた。全員黙っていた。間。空っぽのコップの中で、スプーンが憐れっぽくニッケルの嗚咽をあげた。シュテレルは切り出した。

「時間切断の構造の最深部については、専門的知識を要します。それについてはここで、あなたがたに説明することはできません。ここで叙述することが叙述の本当の対象に似ている度合いは（スピノザの言葉を借りるなら）……普通の狼が天狼星《シリウス》に似ている度合い程度に過ぎません。かつて時間と空間をはっきり区別してきた科学は、現在その二つを『時―空《スペース・タイム》 space-time』として統合しています。私がとりくんでいる課題は、本質的にはいまだ時間と空間を隔てているハイフン――千年紀と千年紀の間の深淵にかかった橋――を通過することに帰せられます。リーマン―ミンコフスキイが自らの仕事において、[*33]世界点と呼ばれる x+y+z+t の四座標の交点を探し求めたとすれば、私が目指すのは、その座標を x+t+y+z としていわば再配置することです。階段の段差をここまでのぼってくるさい、みなさんは空間上に階差性や連続性を導入したわけですが、それはまさしく時間の特徴の一種です。逆の道をたどる、つまりは時間の概念に空間の特徴を付与すれば、私たちは……」

木炭の走り書きがおこなわれている部屋の隅では、誰ぞの耳がひそひそ話の方に身を乗り出して

＊33　ドイツの数学者ゲオルク・リーマン（一八二六―一八六六）の「リーマン面」と、ヘルマン・ミンコフスキイ（一八六四―一九〇九）の「ミンコフスキイ空間」への言及。

いた。手から手へとメモ書きがすべりこんでいった。シュテレルは肩から肩へとなめらかな動きで聴衆を眺めまわした。

「まだおわかりになりませんか？　そのようですね？　もう一度簡潔にやってみましょう。時間とは、時計の振り子のおもりで歯車から歯車へと引きずられていくような秒の連鎖ではないのです。時間とは、お話ししたように、物体に吹きつけてきては、つぎからつぎへと虚無へ運び去り、吹き飛ばしてしまう秒の風なのです。私はこの風の速度は不揃いだと推定しています。これに対する反論もあるでしょう。そこで、手始めに私は自分と議論してみました（思考とは自分自身との論争にほかなりません）。しかし、時間の流れる時間を、どう測定すればいいのでしょうか。そのためにはリーマンの四座標に五番目の座標の記号tを組みいれ、もうひとつの時間を観察しなくてはなりません。またおわかりにならない？」

　今度は、最後の問いかけは沈黙に溶けてしまった。メモはぴくりとも動かなかった。

「しかしどうやって我々は、持続する、凪ぐことのない風と関係している……より精確に言えば、風の中で動いているのでしょう？　その答えはでています。風信旗のようにです。風に向きを変えられると、その方向に我々の意識はのびていきます。すなわち、時間の知覚は直線的でも、時間そのものは放射状なのです。ですが、私は専門用語をさけたく、数式上の角度と横線をすべて避けたく思います。我々は時間にそって、秒の風にそって進んでいきます。ですが、三角帆を張って漕ぎだすことができるなら、tの横線を横切り、最短で、直線で、t次元のカーブを追い越せるでしょう。そう、これであなたがたもすっかりわかりましたね……」

　アナロジーを探すシュテレルの目は壁を走りまわり、円を製図し、窓の穴へと戻ってきた。突然、話者の手が、ガラス窓の向こうにある夜へと伸ばされた。だれかが席を立ち、二、三の椅子が近寄るそぶりをした。

「ほら、灯の中に」、言葉の歩みを速めながらシュテレルは続けた。「街を縫うように流れるいつもの川が。みなさんご存じのように、どこかあちらのほう、何キロも離れたところから、カーブが別のカーブに合流していき、最終的には海に合流するわけです。しかし、その両端を手に持って（私は支流の話をしています）、それをまっすぐな水路に伸ばしたとしたら、補助的なカーブの助けを借りずとも、川は自力で海までたどりつき、狭い岸辺や、岸がない状態に合流することはないでしょう。私がお話ししたいのは、時間の流れは川のように曲がりくねっているということ、それをまっすぐにしてやれば、我々はA点とB点を交換し、今日から昨日へと跳躍できるということです」

「どうやって最初に、何年にもおよぶ試行錯誤の末、マシンを頭の中で組み立てたのかについては、言及するつもりはありません。私がどうやってこれを額の下から引っぱり出し、掌握したのか描写するのも無益なことです。もちろん、それはたやすいことではありませんでした、それは具象化に抵抗しましたし、長い闘いになりました。二〇年間にわたるその過程を一〇分間に収める力は、私にはありません。そのためには、自分が作った機械に頼るほかないのですが、それは壊れて……しかしこのことについては後にしましょう。持続の海にも難破の危険があります。しかし、遅かれ早かれ私はもう一度、『遅かれ』を『早かれ』に、『早かれ』を『遅かれ』にすることを試みるでしょう」

この瞬間、言葉は途切れた。小説家はゲートルをごそごそいわせながら、隣人に体をよせた。

「本当にあいつの額の骨ってランタンの蓋みたいだよな。あれを持ちあげたら、目に火花が飛びそうだ」

隣人は答えたそうにしたが、シュテレルが間をうちきった。

「ロバチェフスキイが最初に気づいたのは、こういうことです。[*34] 直線ABは同時にBAであり、つまり幾何学的な光線はAからBと同様にBからAとしても導かれうるということです。それゆえ、二点を通してひけるのは直線一本だけでなく、それゆえ……。ですが、スティンスキイ氏が約束したように、時間について追求すべき時間ですね」

「ある夏の日、晩になってからマシンを始動させることにしました。いままさにこの、かたわらの窓のように、部屋の窓は開けはなたれていました。その窓は、私のために時代から時代へと疾走する車両の窓になるべきなのでした。マシンの始動までにすでに、自分の空間座標系のひとつに不具合があることはよくわかっていたのですが、私に選択の余地はありませんでした。地平は防火壁によってほとんど切り離されていました。左手側のフレームの、ガラスを嵌めこんだ輪縁越しに見ることができたのは、通りの断片と、薄汚れた建物の、三列の穴が開けられた正面玄関、そしてその向こうに二、三の屋根——これがすべてでした。いわゆる夜間旅行に出発することにしたのは偶然ではありませんでした。暗闇と睡眠は、窃視および、空気がエーテルにかわる瞬間に発生しやすい音響現象に、招かれざる耳による干渉が発生する可能性から守ってくれるのです。用心から私は電気を消し、息の一吹きで消せる燭台を使っていたのですが、電気のスイッチは機械から六、七歩離れた場所にありました」

「私は契約に縛られていましたし、これはみなさんに隠すつもりはないのですが、過去へのツアーを何セットか売約済みでした。ほどほどの跳躍で五、六年を逆行し、時間切断機の運行と調整済みメカニズムの精確さを検査し、ふたたび機械を同じ日付にもってこなくてはなりませんでした。朝には帰ってこようと思っていました。ですが、まさに装置に乗りこもうという瞬間になって、私はぐらつき始めました。時間切断機の組み立てに用いた材料は、最高品質にはほど遠いものでした——だからといって、これ以上のものをどこで手に入れられたでしょうか？　自分の検算していない数式をそのまま過去に投げこめば、時間の流れ、秒の凪にあらがうことになり、マシンを損ないかねません。そして……。私は他人と誠実につきあっていこうと思っていましたが、マシンと不誠

＊34　ニコライ・ロバチェフスキイ（一七九二—一八五六）は、ロシアの数学者。非ユークリッド幾何学の創始者のひとり。

実につきあっていくこともしたくありませんでした。一時、逡巡したあと私は、針路を東から西に切りかえ、回路を連結しました。知っておいてほしいのですが、装置の最重要な部分は、蜘蛛の糸のように細い線維の螺旋構造で編まれた、空気と同じ色の漏斗でした。この帽子状の漏斗——上部に出口用の開口部が開いた——にこめかみを押しこんでやるだけで、コンタクトが……。ご存知のように、我々の脳は、液状に近い顆粒状であり、漏斗は、脳を——より精確に言えば思考を——空間から時間へ注ぎうつすのです。実際、簡単なことではありません——三枚の脳膜と骨の鞘の下に隠された感覚の複合体——これらすべての産着にくるまれたものをtの中で剝ぎとり、ランタンの蓋のように、額の骨をもちあげて、光の出口をつくらなくてはなりません（ゲートルはお互いにぴたりと身を寄せあった）。私は電子渦を作動させるスイッチを入れました——すると時間はまず脳をつかんで私を引っぱりこもうとしました。渦を巻く漏斗を通って、ねじのように引き抜かれた脳は、神経索で肉体をひっぱりました。苦しげに圧縮され、扁平になりながらも、体はそこを通過するのを拒みました。どうやら、また少し引っぱられた神経線維がちぎれ、脳から吊り下げられていたバラストを落としてしまったようです。指は流れていきましたが、スイッチと調整器は離しませんでした。瞬間——私は自分を目撃しました……あるいは、自分を目撃しなかったとも言えます。窓の正方形の向こうになにか、魔術幻灯機《ファンタスマゴリア》めいたものが通りすぎました。あたかも、巨大な燭台のように、燃え尽き、発光し、消滅し、窓に光と闇を投げかけました。窓のこちら側でも、やはりなにかが起こっていました。なにか垂直なもの、接近したり離脱したりを繰りかえす、私の背丈ぐらいの輪郭のものが顕現し、足音をダダダダダと断続的にまき散らしていました」

「私はすでに限界速度で走りだしていたようでした。周囲で装置が音もなく振動していたことからそれが知れました。左手では、前方に急発進させられ、時間によって見えなくなったレバーが震えていました。私がそれを自分の方に引き戻すと、窓の向こうの光景が明瞭になっていきました。目もくらむ瞬きは太陽になりました――私は、その太陽を見ました――それは、一塊となった屋根から黄色いロケットのように打ちあげられたかと思うと、防火壁の向こうに夕陽の深紅の爆発をきらめかせ、曲線を描いて落下しました。その照り返しが夜に抱かれた網膜に溶けるよりも早く、ふたたび同じ屋根から同じ黄色い太陽のロケットが天頂目がけて打ちあがりました――黄燐の頭を幾度も幾度も闇にこすりつけ燃え尽きるマッチのように、新しい、また新しい短い日を燃えあがらせるために。そのあとすぐ、空気を刺すようなカチカチという音がマシンの中に響きはじめました。私があやまちを犯していたことは明らかでした――急速発進させたことです。もっと用心深くなるべきでした。私はレバーをすこし後ろにもどしました――太陽はすぐに飛行速度をゆるめました。いま太陽は、ゲームに興じる東と西が、ネットのように防火壁をはさんで打ちあっているテニスボールに似ていました。この奇妙な光景に気をとられ、私は部屋の中身のことを失念していました。時間切断機の運行が落ち着いてくるとようやく、床板を震わせている足音のほうをふり返りました――滑稽な、憐れみさえもよおしかねない光景でした。部屋の戸は、ごく平凡な閉じた一枚扉なのですが、いまや人が殺到するスリットのついた回転ドアのような有様でした。男が一人、いや何人も男が、いややはりそうではなく、脇に書類カバンを挟んだ男が一人、バタバタと開閉する扉から抜けだせずにいるのです——男は外に消え去るのですが、なにか忘れ物でもしたかのように中に戻ってくると、すべてを脱ぎ捨てて毛布の下にもぐりこみ、ふたたび意識をとり戻すと服に飛びこんでドアの向こうに消えては、またすぐに戻ってくるのでした。これらすべては、先を争って輝く太陽と電球のフィラメントの発光のもとで起きました。この日付の交代劇は真新しく、愉快でさえあり、マシンの凶暴なテンポの感覚によって心臓が肥大したのか、私はふたたび少しだけ速度レバーを前方に倒しました——すると思いがけないことが起こりました。しなやかなラケットに強打されたように、屋根から跳ねあがった太陽が突然後方に飛び退きました（西が球を打ちかえしたのです）、そしてすべてが、なにかの壁にぶちあたったかのようにぴたりと静止してしまいました。私のマシンに通された秒のリボンが、どこかの瞬間で——どこかの細切れになった秒の一部で停止してしまったのです——過去でも未来でもないどこかで。地平線の下のいずこかで、太陽の軌道は永遠に寸断されてしまったのです。ぶるる、『永遠』とは、それを本で見たのではない人間にとってはおそろしい言葉です。空気は、夜明け前のような、まさに灰のような色でした。屋根の輪郭や、ゆがんだ路面は、銅板に刻印されたかのように停止していました。マシンは沈黙していました。日と夜のあいだにつっかえた明けきらぬ未明は停頓から抜けだせないでいました。今になってはじめて私は、埃っぽい窓にはりついた暑い街の風景を、細部に至るまで逃さずに凝視することができました。砂利製のさざ波の上に彫琢された家屋の壁には、金色の縁どりがされた看板が青い端っこをのぞかせていました――『……屋』――はじめの部分は隣家の張りだした部分で切りとられていました。門の洞《うろ》は、そのアーチの下に、輪郭を停止させて歩道に身をのりだした黒い影をかくまっていました。その洞の上には鉄の留め具から赤旗が伸び、そのファスチアン織りのすそを、凝固したままの風が舞いあげていて、宙に電気メッキで描いたようなその布地は、頭上で凍りついていいます。電信柱に向かってかかげられた犬の後ろ足を永遠の痙攣が停止させていました。通りの光景を蕩尽すると、私は部屋の内部に注意を向けました。こうして目に入ってくるものは私を心底震えあがらせ……いや違うのです、震えるためには少なくとも十分の一秒が必要なのですが、石化してしまった時間が、極小の秒の極小の部分にいたるまですべてを奪い去ってしまっていたのです。私の目前にあるベッドでは、両手をマットレスについて、恐怖のため見開かれたまん丸な目で私の視線を見据えている、身を乗りだした男が座っていました。

　私が見ているのは、どうやら、蛹から孵化した恐怖の人形のようでありました――死の世界の三次元的な静止が、私の中にまで染みこんできました。それが長く続いたかどうかは申しあげられません――というのも、これは持続の概念の外部で起こっているからです。私の思考それ自体が、慣性の力によって蛹の中にめりこみながら、風のない日の雲のように、じょじょに凝固して停止していきました。衰えゆく力をふりしぼり、悪夢の中でしか起こらないような、超人的な努力を発揮して、私はレバーを押し、もうひとつのレバーにも手をかけました。すると、秒の砂をかきちらしながら時間切断機が浅瀬から離れました。今度はブレーキをかけながらゆっくり進んでいきました。

猛烈に回転する車輪の輻《や》のように渾然としていた日は、今、くっきりと見えるようになっていきました。窓が開いたのは私たちの百年紀の三〇年代の終わりでした」

「それで、窓の向こうになにがあったの？」女性の声が、好奇心に震えながら割って入った。

シュテレルはいくぶん困惑含みの笑みを浮かべた。

「タイム・マシンは、搭乗者の注意を時間そのものから引き離してしまいます。非常に心苦しいのですが、私には見ることができませんでした……加熱したバーナーのそばにいる技師は、マシンの窓に身をこすりつけている景色に割く時間がないのです。私には時間のためのどんな時間もありませんでした。今から一〇年前に制作の中断があり、運行上の欠陥の修正を強いられたのですが、やはり私には直せませんでした……」

「つまり」、謹聴していたゲートルが、椅子の下でぐっと身を折り曲げた——「つまり、あなたによれば、目は具眼の士にとっての目痣ってことですか。でも、すいませんが、事実が一欠片《ひとかけら》さえも目に入ってこないとしたならば、もしどこまでも続く平野、マシンの滑走路以外に、未来をごらんになれないとしたら、ここにお集まりの同志になにも提案できないとしたら、私にはまったくわからないのは……」

シュテレルは眉を手で撫でるようにした。

「平野？　すいません、いま思い出せそうです、ああ、そうでした」

沈黙の輪がふたたび言葉のまわりにせばまった。

「そうですね。まさに、なにごとも起きなかったときのようなことが起こったのです。マシンの運転を休止させているときのことでした。私がすでにお伝えしようとしたその感覚については話を戻す必要はないでしょうね。事実だけを描写しましょう。今度は秒の糸が明るい日の真ん中でちぎれてしまったのです。秒速三〇万キロで走ってきて柱にあたった太陽の光が、ゼロになってしまったのです。光の中に見える塵は、もう震えてはいませんでした。まるで、空気が金色の蠅の糞で汚れてしまったかのようでした。光の斑点の下には新聞が投げ捨てられていました（それを残していった男は残っていませんでしたが）。それは『イズヴェスチヤ』の一九五一年七月一一日号でした。意志とはかかわりなく、無限に伸張した瞬間が、すべてを、こちらに見えるように低く身を折り曲げた新聞紙一枚の見出しから最後の文字に至るまでを私の脳にたたきこみました。その内容をお知りになりたいなら……」

「カット」行く手をスティンスキイの激しい叫び声がさえぎった。「自分が作家の集まりに来ているということがわかっておられますか？　その新聞は五コペイカよりはるかに高くつきますよ。先を続けてください。マシンは進んでいった。埃はふたたび光の中で動きだした。そのあとを聞こうじゃないですか」

「ですが……」

「なぜ彼に話させてやらないんだ？」

「ちょうどそのとき……」

椅子たちは憤慨して動きだした。隅っこではささやき声があがった。「事情はわかってますよ」

スティンスキイの顔は少し蒼ざめた。

「イヌたちはなにもわかってないし、どんな『ちょうどそのとき』もくそもないですよ。とにかくお客の皆さん、伏せ！　シュテレル氏が続けます」

「ここを……カットすれば、あとわずかです。航海が試験的なものである以上、もう潮時でした。とはいえ、装置がかなり乱れていたので、私は事故につながりかねない急旋回を怖れ、未来へ未来へと運んでいく時間の流れにそってずっと進んでいきました。バランスを失ったマシンの平衡状態を回復することに集中していたので、私は窓が開いた空間が縮小しているという事実にすぐには気がつきませんでした。そうしたわけで、私の視線が偶然、そびえていく石とガラスの壁につきあたったのです（どうやら私が脇を向いているあいだに新しい巨大なビルが、三階建ての建物を、『……屋』と、旗の下の洞もろとも踏みならしてしまったようでした）。次の瞬間（私は急テンポで進んでいきました）、私の瞳に映る防火壁の煉瓦のとばりが急速に過去へとしりぞき、そこから身を乗りだしたものは……無でした。現在よりはるか後方に退いてみてはじめて、私は自分が未来を追いかけて上流へ上流へと遡上している秒の時を抜けて、時間に先んじることの不確かさ、手抜かり、欠陥を思い知りはじめました。自然のサイクルを超えて促成栽培された植物のように、人工的に栽培された私の未来は病的にもろく、しおれ、精彩を欠いたものでした。すべてが、例外なくすべてが……そうたとえば、先ほど述べた赤旗も次第に色を変えてゆき……」

「何色に？」

「何色に？」二、三の椅子が音もなくにじりよってきた。

「いえ、そうでなく」シュテレルはそれをふりのけた。「それは退色したのではなく、秒がたつごとにしだいに灰色のような色に、非現実的な無色に、塵芥に帰していったのです。奇妙な哀愁が心臓にくいこんできました。追い越した年は、マシンの全長の二〇機分ほど後方にいて、まだ完全に視認できなかったにもかかわらず、追われているという感覚は念頭から去りませんでした。秒の足音が秒に覆いかぶさるように迫ってきました。私は速度をあげました——日々の灰色のリボンが私の目につきまとってきました。私は目を閉じ、歯を食いしばって前方に倒したレバーに手探りで殺到しました。どれぐらいそれが続いたのか、精確なことはわかりませんが、私がふたたび目を開くとそこに見たのは……こんな……」

シュテレルの声は揺れ、そして止まった。彼の手は窓台の出っ張りをかたく握りしめていた。小説家の顔に浮かんだチックさえ微動だにしなかった。

「ここからマシンも、話も一八〇度の急旋回をすることになります。瞳に思いがけずに映ったものを見たあとでは、時の持続の側面攻撃によって転覆することなど怖くなくなりました。カタストロフ？　かまうものか。運が味方してくれたようでした——旋回は成功し、私は秒の風に逆らって進んでいきました。マシンの速度は緩慢で、太陽の黄色い円盤が西から東へと転がっていき、日々の見慣れた小道が未来《フトゥールム》から過去《ペルフェクトゥム》に延びていきました。今や私ははっきりとどこへ向かっているのかわかっていました。間違いがあったのは、疑いようもないことでした――問題があったのは設計ではなく、設計者、私にです。時間は正弦曲線のように屈曲しているというだけでなく、自分の進行方向を広げも、狭めもできるものなのです。私はそのことを計算にいれていませんでした。それでtの値を計測していたのですから、実験者失格です。私の背後に遺漏が――三、四年の連鎖が意識からすっぽりと抜け落ちてしまっていたのです。背後に非―生を――存在の空白を背負ったまま、人は生を生きられません。その血と憤怒に浸食された極貧の年月では、種もみと森は死滅し、代わりに旗が文字通り林立しました――それらは飢餓の広野を思わせました。虚無を思わせるその広野を抜けていく私は、ある種の現在には、未来そのものにおけるよりも多くの未来があるのだということを、まだ知らずにいました。人々はまるで日めくりカレンダーを破り捨てるように自分の日々を掘りおこしては、埃もろともそれを掃き出してしまうのです。自分が崇める神にさえ、過去を支配する権力を与えません。しかし、私にとって時間の持続は、一冊の本のページなのです。私の時間切断機は、未読のページを切り開くペンナイフよりもはるかに複雑です――それは私が再構築された過去を再読し、再考するときまで、任意のページとページのあいだにしおりをはさんでおいてくれ、私をその場所に帰してくれるのです。空間移動技術は荒削りな分野ですが、地球の自転の速度にほぼ達しており、プロペラの推力を二倍すれば、地平線の向こうをすべっていく太陽をとらえることができるでしょう。それこそが私のしたかったことです。レバーを倒して全速後退に入れ、空白をつっきり、後方に遠ざかっていくものをとらえ、自分の前方にふたたび備えました。私はさらにゆっくり進んでいきました。しかし、私に向かってきたのは時間それ自体であり、現実的、宇宙的、全市民的性質を帯びたその時間にむかって、極を指ししめすコンパスの針のように、時計の針が一斉に伸びていました。われわれの、速度同士がぶつかりあい、額同士がぶつかりあい、タイム・マシンと時間それ自体がぶつかりあいました——一〇〇〇の太陽のまばゆい輝きが目をくらませ、音ない一撃が私の手からスイッチをもぎとりました。自室の真ん中に立っていた私は、薄闇をとおして自分の姿が見えるようになりました。薄闇は微動だにしませんでした。ですが、その中では、街が物憂げに蠢いていました。マシンは途中で壊れてしまいました。指先と、額を横切る火傷が、空間上にマシンが残していった唯一の痕跡です」

「奇妙なことに、長いこと私は、蛍の青い群のように、星々に夜を駆けさせていましたが、いまになってまたみなさんと一緒に、不格好な、眠りの筏にのりこんで、ただ下流へと流れに身をまかせて下っていくことにしました——その流れはこう呼ばれています——『現在』と。しかし、けして納得したわけではありません。マシンは砕けても、脳は砕けませんでした。遅かれ早かれ、私は着手した旅行を完遂するでしょう」

シュテレルは言葉を切って、聴衆に背を向けると窓ガラスに映った灯《あかり》の反射を見つめた。彼方から、夜汽車のしゃがれた汽笛がとどいた。背後で椅子がガタガタと動きだした。はじめはくぐもっていた声が、少しずつ大きくなっていった。漂泊するマッチの炎。思わしげに煙を吸いこむ頬。コートラックのフックが、ひとつ、またひとつと空いていった。突然、付き従う炎を手で追いやって、言語学者が二六カ国語の沈黙を破った。

「……うかがってもよろしいでしょうか？」

肩ごしにふり返ったシュテレルはうなずき、耳をすませた。小説家はすでに右手を外套の袖に通していたが、左袖を放して待った。戸口の二、三人が立ち止まった。

「質問なのですが、少なくとも私には、どうも食い違いがあるように思えるのです――つまり、先走る時間に滞在していた間の時間の経過と、経過したごく一般的な、俗に言うところの時間の質の間にです。私の記憶によれば、そのtとこのtは述語の質が異なります。ともかく、なんで成功できたのでしょうか……？」

「その通りです」いくぶん動揺しつつも、シュテレルは投げかけられた言葉にむかって一歩踏みだした。「どうして成功したのか？　それこそ、ここ数日私を悩ましている疑問です。もちろん、tの内部のtを算定することは簡単なことではありません。しかし、あらためて計算してみると、こう結論せざるをえません――私は成功していない――おそらく、本物の時間との邂逅なんてなく（私の装置は、ずっとささやかな障害物にあたって壊れたのでしょう）、幻想的な時間の持続が生んだ幻想に包まれていたのだ、と考えざるをえないのです。できるかぎり平易に……丁寧に表現しようとして、私はtがtに衝突したという仮説の描写に満足してしまったのです。しかし、あなたが……この仮説に納得できないのなら、こう考えてみてもいいでしょう――結局、マシンは現実に達せず、t時間が投げる影にあたって砕けちってしまったと……そして……いま、周囲にいる人々を観察してみると、こういった感慨が生まれてきます――彼らにはみな、い、ま、がないのではないか――現在をはるか後方に置いてきてしまったのではないか――その意志と言葉はどこからか投影されたものに過ぎず、だいぶ前にねじを巻いた時計がチクタクいっているようなものではないか――その生さえも、一〇枚のカーボン紙をはさんでタイプした紙みたいにぼんやりしたものなのではないか……。しかし、第三の仮説の可能性があります――私、マクシミリアン・シュテレルは拘束服からも拒絶される狂人であり、私によって語られたことはみな譫言で戯言だという仮説です。ひとつ、衷心からの助言をさせてください――この最後の仮説を採ったほうがよろしい。それが一番有益かつ堅固で、安全ですから。ご質問にあずかり光栄でした」

シュテレルは自分のほうを向く頭のわきをぬけていった。戸口の二、三人は、あたかも靴底が床にねじ留めされてしまったように立ちつくしていた。小説家は宙を手探りしていたが、外套のすべり落ちてしまった左袖をうまく探りあてられないでいた。その上では頭から言葉をなんとかふり落とそうとして、チックが唇の端でひきつっていた。

「哲学ぶっちゃって、また」詩人は口笛を吹き、だれかが、読まずじまいに終わった詩のことを別れ際に思い出してくれるのではないかと期待してあたりを見まわした。だれもふれもしなかった。

映画監督は、六本の腕でさかんに手振りをしている髪を逆立てた。

「フレームインして映画にするんだ！」

小説家がやっとのことで袖をつかまえた。

「カメラをまわせばいいさ。あんな時間切断機なんていうのはこけおどしだよ。シュテレル主義みたいな……」

突然解放されたように感じた二、三組の靴底は、戸口の方に歩き出した黄色いゲートルのあとを追った。

「私には」言語学者がスティンスキイに体を寄せて口にした。「脳に新しいしわが一本刻みこまれた気分がしたけどね」

スティンスキイは疲れはてた笑みをうかべた。

「いつか歴史家が、私たちの時代のことを書いてこう言いますよ――『この時代は、めくらで、ぬるぬると捉えどころのない〈主義〉が、人名の末尾に這っていって手当たりしだいにくっつく時代だった』。でも、ぼくはたぶんシュテレルの伝記にとりかかるでしょう、もし……」

12

翌朝、階段下の三角形が杖でノックされた。

「どちら？」

「起きてください。カットしたところを売りに行こうじゃありませんか」

「おぼんがないな」

「とにかく行きましょう」

数分後、二人は玄関をあとにしていた。杖の持ち手のフックでシュテレルの肘をひっかけてひきずっていくスティンスキイは、さながら熊使いのようだった。

「つまるところ、マシンは金《カネ》でできていますよね？　ということは……。ついてきてください。シュテレルさん。思慮だけでは足りないんです。思慮を思慮深く扱うことのできる思慮が要るんです——そう、駆動ベルトがね。私を、大船まで運んでいく水先案内人の小舟にさせてくれませんか。もう出版社には連絡ずみです。あの男は昨夜あなたの話を聞いていました——きっちり櫛をあてた禿頭の男を覚えていますか？　いまや回想記が大流行です。皇太子——革命分子——常人——元首相——経営者——皇帝——みながせっせと回想記で稼いでいます。明日から本にとりかかりますよ。もう題名は考えてあるんです――『未来の回想』。これは売れるぞ。マシンにはいくら必要なんです？　なんですって！　でも四、五版でれば、もう一度旅に出ることができますよ。あの櫛でとかしつけた禿が編集部を握ってるんですよ。ですが、あの禿の下を通すだけじゃだめなんです。出納係まで行かなくてはね」

同日、事前交渉は成功裏に終わった。出版社は半信半疑だったが、それでも興味をしめしていた。万が一、ノンフィクション部門が無理でも、小説部門に行けばいい。たとえ事実でなくても《セ・ノン・エ・ヴェロ》……[*35]。そしてアンダーウッドのタイプライターが出版契約書をカタカタとうち出した。前払い金《アドヴァンス》？　たぶん前払い金《アドヴァンス》も込みで。

帰り道、出会った知り合いの会釈にスティンスキイは陽気に帽子をふってこたえ、道連れをひきつれていった。

「シュテレルさん、もう仕事をさぼっていてはだめですよ。インク瓶から紙へ、あるいはその逆だけでほかはなしですよ。もしあなたが階段下が不便だというのなら、私のところで口述してくださっても。そんなことはないですって。ならお好きに」

シュテレルのペンは言葉で旅を繰りかえしながら、青い罫にそって延びていった。両膝にのせた罫線の上で、壁に背をもたせた時間切断機の設計者は自分の未来を思い出していった。一秒たりとも逃がさず、道ばたの草を摘むように日々を摘みとっていき、耳の中では自分の鼓動と物故したマシンの駆動音がかわるがわる脈打ち、不屈の意志が眉間のしわでぎりぎり締めあげられていた。

階段をジグザグ降りてきたスティンスキイは、シュテレルの物置の上で足音をひそめた。ときおり――週に一、二度――彼は手すりから体を折って、杖で折りたたみ式聖像画《イコン》を叩いた。

「もしもし。こちら一九二八年です。いまどこですか？」

「一九四三年だ」くぐもった声が扉の奥から返ってきた。

「それはいい！　インクの力は衰えていませんか？　ペンが軋んでも走らせてくださいね。ぶつぶつ言わないで、すぐ帰りますから」

ときおりスティンスキイはドアをノックするだけにとどまらず、「未来の敵陣深く、すなわち今日」の調査のためと称して三角形の住人を散歩へと誘いだすことがあった。二人はクルチツキイ通りの急坂を登って、石の欄干が聳えるウスペンスキイ大聖堂の古壁のわきを抜け、市門の空中望楼へと進んでいくのだが、モスクワの喧騒を眼下に見下ろすその塔は、遙かなる世紀に緑青《ろくしょう》の釉薬を塗布された鱗をきらめかせていた。銅門が描く曲線の上では、ブリキが行く手をさえぎっていた――検役所だった。そこで二人は引き返すのだった。

「それにしても」あるとき、スティンスキイは家に帰る道すがらほほえんだ。「この今日ってやつ

＊35　イタリア語の表現「se non è vero, è ben trovato たとえ事実ではないにしろ、それはうまい考えだ」の前半部分。

はごちゃごちゃした骨董品なんでしょうね。紙の薄皮が貼りつけられた広告塔、唇に紅をさした女たち、巧言令色の男たち――みんなページとページがくっついた古い本にあるようなものじゃないですか」

ときおりスティンスキイは階段下の住人を、「ニュースの考古学」と称するものに触れさせるため、長めの散歩――遠足に連れだした。おとなしく背を丸めたシュテレルは、道先案内人のあとについて、人がつめかける文学や科学の集会に顔をだし、会合の話にじっと耳を傾け、劇場のあげられた幕の下に視線をそそいでいたが、スティンスキイがひそかにちらちらとうかがっていたその瞳からは、彼が未来だろうがなんだろうが、自分の生きた歳月をめぐる秒針の踊りのすべてを思い出したのかどうかはなにもうかがうことはできないのだった。シュテレルの存在が紛糾をひきおこすことはなかった――もし、ごくわずかな出来事を勘定にいれなければ――先立つ世界大戦についての講義のさいに起こったことを。結論を手際よくまとめていた講演者は不幸にも偶然、シュテレルの目と自分の目を合わせた結果、紙をごちゃごちゃにしてしまい、話の糸口をなくし、沈黙からほうほうのていで逃れでたのだった。ほかにも二、三、自己完結したエピソードがあるが、ビュッフェのカウンターや、クロークルームの仕切りのあたりをうろうろしている大方の人間は、レモネードの泡を嚥下し、銀貨のお釣りをたしかめ、隣人の肘と、指の間でぶらぶらしている番号札に忙しく、背後を背の高い男がそっと通りすぎるのに気がつかなかった。

たしかに文壇にいる連中はみな、スティンスキイのもとでひらかれた木曜例会に刻みこまれた時間切断機の話をまだ忘れていなかった。まだ起こっていないことの「回想」にまつわる契約についての噂に憤慨するものもいれば、用心深くその出所を探ろうとするものもいた——いわゆる未来はいくらで、その回想はどうやってでるのか？　階段下の物置ですすめられている作業にもっとも近い男から、情報をききだそうとするものもいたが、この時期めっきり口数が減っていったスティンスキイの答えは短く、気むずかしく、謎めいていて、しまいにはなにも言わなくなってしまった。知り合いの観察を総合すると、木曜会の世話役の性格は一変し、それもよくないほうに変わっていったようなのだった。木曜会自体も定期的に開催されなくなり、途絶えてしまった。イヌたちの社交的な召集人、「イズヴェストニャク」の集まりの陽気な主催者は、会合から、ゴシップから、文壇の舞台袖から去っていった。

クルチツキイ通りの望楼へといつもの散歩をしていたある日——それは九月の銀灰色の夜のことだったが——シュテレルはこう告げた。
「私がいたあの未来が、どうしてあんなにも生気がなく、ヴェールに包まれていたように見えたのか、今になってわかったよ。私はただ、『自分がいる未来』と『自分がいない未来』の間の差を得ただけだったんだ。つまり、死者をサドルに結わえつけて、急坂を登らせることはできるが、だからといって……もちろん、愚かしくもたまたま一致したわけだが、もし一致がなかったとしたら……」

灰色の空気に太古の光沢をはね返している門まで来ると二人は立ち止まり、物憂げな丸石が敷きつめられた検疫所の中庭に設置された、銅門の格子を覗きこんだ。一分ほど口ごもっていたが、シュテレルはこう付け加えた。

「明日、最後のページを書き終える」

帰り道は無言だった。

数日後、未来の回想の原稿が編集者の書類カバンにうつされた。作者には「一週間後に問い合わせに行く」と告げられていた。しかし二昼夜もたたないうちに、けたたましい電話のベルがシュテレルを探して呼びつけた。シュテレルが受付にあらわれた。見覚えのあるノートにむかってかしげられた、禿のまわりに逆立った髪の毛は、神経質に来客にむかって飛びかかってきた。

「いったいこりゃなんだ!?　ここに書いてあることを考えだしたのはきみか？」

「ほかの人がそうしてくれていたらよかったんですが。私の興味は、事実だけです」

「事実、事実、事実！　だれが事実だと思うかね？　じゃあ聞くが、ここにきて証言してくれる人間がどこかにいるのかね？」

「それはもうすぐ来ますよ。聞こえませんか？　私が言っているのは未来そのもののことなんですが。ですが、疑うのでしたら……」

シュテレルの手がノートに伸びた。編集者は両手で紙を机に押さえつけた。

「やめたまえ。斧でノミを撃ち殺すだけだよ。とりやめるとかそんなことじゃないんだ。きみのは例外的なケースだよ。わかってほしいのは、この驚くべき原稿に、不眠の二夜つきで支払いをすることはできる。しかし、この打ち消す数行のせいですべてが危うくなるんだが……」

しゃべりつつ、手で机の両側に積みあげられたノートと紙ばさみの束をこづいた。

「さらにやっかいなのは、きみのカタツムリのような——なんでもいいいが——筆の進みの遅さ……」

編集者はシュテレルににじりよった。

「修正し削除に同意してくれるね？　そうだね？」

シュテレルはほほえんだ。

「あなたは手旗をごちゃごちゃにして信号を送れとでも？　ゴーサインを？」

円形の禿が真っ赤に燃えあがった。

「鏡に映った像に手を加えられないことぐらいよくわかっとる。さらによくわかっとるのは、その像を叩いて……」

「鏡を壊す」

「もっとひどい。私は鏡に背を向けるんじゃなくて、そこに映っているものに背を向けるんだ。時間は戦って勝ちとって、未来に後退させなくてはな。ほら、きみの文体をマスターしたぞ。だが、私が一番よく知っているのは写像なんかじゃなく、スタンプが押された印紙だよ——小さな長方形のなかの六文字だ——『印刷とりやめ』」

会話は「はい」と「いいえ」の間で途切れた。原稿は編集者の紙ばさみのぴんとはった紐でとめられたままだった。だがテクストは拡散する性質を持っていた。「回想」のそれぞれの章とページはボール紙製ファイルから染みだして、増殖し、変奏され、手から手へ、頭から頭へとゆっくりした回転運動をはじめた。ページは脇ポケットに隠れ、書類カバンのなかに忍びこみ、事務的な報告書と議定書の合間に押しこまれた。四つ折りの身体を伸ばし、ランプシェードの円光の下に横たわった。紙から飛びだした文字は脳回に沈着し、言葉の断片となって、二つの公文書の間の非公式の雑談に散りばめられ、変形されてアネクドートとパラフレーズになった。

秋雨の雫が顔をうつ、風の強いある日の朝、スティンスキイとだんまりの言語学者は交差点で肩をつきあわせた。スティンスキイは吹き散らされた言葉をなんとかつかまえた。

「まさに伝説が誕生した」

スティンスキイは言語学者のもぞもぞしている口を見ながら、こう言い放った。

「放っておけばいい。目から追放されたものは、頭蓋骨の継ぎ目をぬけて脳に至る道を見つけるものさ。放っておけばいい！」

言語学者はどうもなにか言いたそうにしていたが、その口はヒューヒュー吹きつける風に塞がれていて言葉は形にならなかった。殴りつけてくる風に体を折った二人は、足どりを乱して、帽子のつばをおさえたまま歩き続けた。塩のように辛い塵で目をつぶしてくる風は、屋根をティンパニのようにうち、雨樋のパイプオルガンの中で叫び声をあげ、電線の弦《チター》を掻き鳴らし、耳を聾する混沌のスコアを演奏しながら、D♯の極限まで高まっていった。少したてばおそらく、吹き飛ばされた帽子の後を吹き飛ばされた頭が追いかけていき、挙句の果てには、枝を失った葉のように軌道から吹き飛ばされた地球が、太陽から太陽へと滑っていくのだろう。

青い車が、初雪が積もったクルチツキイ・ヴァル通りに轍《わだち》で円弧を描いた。雪の薄膜の上を滑りぬけていった、畝《うね》のあるタイヤ跡が家敷の玄関で停止したまさにそのとき、ジュジェレフは鎌で草を刈るような動きでほうきを振りまわして、冬が撒いた最初の種を舗道の煉瓦から掃きだしていた。空気はガラスのように冷えきっていた。あちこちでのぞいているしわを伸ばした旗は、赤い下着かなにかが干されているかのようだった。運転手は屋敷番を手招きすると、なにごとか尋ねた。それから、車内の後部座席の仕切りのほうを向いてうやうやしく礼をした。こちらです。車のドアががちゃりと開き、ジュジェレフがやっとのことであとずさって道をあけるやいなや、訪問者の、落ち着いた、弾性に富んだ足どりが玄関の階段をのぼっていった。キオスクに貼りつけられたポスターに、数百回は映りこんだであろうその顔を知らないということはありえなかった。我に返ったジュジェレフは、玄関の扉を開けるべく飛びついた。だが、訪問者はすでになかへ踏みこんでいた。階段に這いあがったジュジェレフは、シュテレルが棲む檻の戸板に、来客の背中がわずかに曲げられるのを見た。それから戸板が開くと、来客の高い背中は物置の中へと消えてしまった。ジュジェレフは四階に走っていって、スティンスキイに報せようとした。だが、部屋からは返事がなかった。ジュジェレフは三本指で帽子のてっぺんをかいていたが、矜恃と恐怖でもつれた感情をほどこうとして、玄関に降りていった。階下の折りたたみ式聖像画《イコン》の向こう側から響いてくる二種類の声は、言葉が判別できないところまでぼんやりしてしまった。出口まで退却して、彼は旗のそばで番人らしく構えてみた。階段を駆けおり、戸外に出てくる者は高圧的なささやき声によって遮られた。「しーっ、つま先立ちで。足をばたばたさせるのをやめるんだ。それができんようなら裏手から……」そのあとから、衣擦れのようなひそひそ声の名前が続いた。その音のせいで、裏口にまわりこもうとするつま先立ちのかかとは、自分からぴょこぴょこ飛びあがっていた。

隙間のない戸板に握りつぶされた会話は長引いていたが、背の高い来客の声は黙りこみ、話しているのはただシュテレル一人になった。玄関口のガラスのプリズムをとおして、ジュジェレフは、黄昏が煤けているのを見ていた――煤けは、火の先端を歯ではさんだ運転手の、不動のシルエットのまわりに集まっている。それから背後で、板の向こうで、長い間が訪れた。ジュジェレフは出口で待ち受けながら、直立不動の姿勢をとった。だが、糸引きされた沈黙は長引いていた。来客の声は、もう一度かすれて、一段と低くなったかと思うと、疑問符のところで破裂した。答えはなかった。折りたたみ式聖像画《イコン》が開くと、来客が外に出てきた。ジュジェレフはすばやく玄関のドアを手で押した。背の高い客は一瞥もせずに、自動車にむかっていった。その顔は夕闇のせいで判別できなかったが、姿勢は猫背で、足どりは重く、ゆるやかだった。自動車に灯がともり、ごろごろと音をたて始めたモーターが車を引っぱった。ジュジェレフは顔から汗をぬぐい、足音をたてないようにしながら、ふたたび閉じられてしまった扉と沈黙に歩み寄った。一分ほどどきめかねて立ちつくしていたが、天から降ってきた来客の後に、自分のような単純な男がここに来るべきではないと思った。

　夜更けすぎに雪が降りはじめた。大粒の雪片が無音で着地して、白粉《おしろい》をはたいたような丸石の表面を白いしとねで覆った。一面に降りそそぐ滝のような雪はあわただしく——無人の街で夢が生に変わってしまわないうちに——陶器であつらえたもろそうな冬景色を用意していった。ひとつだけ残った轍は、真夜中過ぎには雪だまりに沈みこんでいき、そしてそれを気づかうように、おもねるようにやわらかい、やわらかい雪が覆い隠してしまった。

　夜遅く帰ってきて、昼前に目覚めたスティンスキイは、満足げに、止まり木のように窓枠にとまった雪を見つめた。服を脱いで窓辺に歩み寄った。屋根は雪山のように雪崩れていて、木々は白い花粉をまとい、街の上空で停止した雲の幻想的な輪郭は、まるで雪で塑像したようだった。「雪がきゅっきゅっと鳴るのを聞くのは気持ちがいいだろうなあ」スティンスキイはそう思いつくと、つぎの思いが浮かんでこないうちに階段の馴染みのジグザグを降りていった。両開きの三角形の上に、いつものように足をとめて叫んだ。

「もしもし、シュテレルさん！」

　返事はなかった。

　スティンスキイはさらに三、四段降りると、手摺から身を乗りだして声を張りあげた。

「もしもし、シュテレルさん、寝たふりなんてしてないでさ、出かけましょうよ」

答えはなかった。

スティンスキイは階段を駆けおりて、檻の戸の前に立ち、ノックした。ノックは鈍く、途切れがちだった。なんの応答もなかった。扉を開けはなってみると、階段下の物置いっぱいに、天井まで薪が詰めこまれていた。みっちりと押しこまれた薪の平らな断面は、きつく噛まされた、濡らしたさるぐつわのように、扉の大きく開いた喉元から突きだしていた。

目を見開いたまま、スティンスキイは後ずさった。暗い斑点が視界のなかをすべり落ちていった。黒い雪の、平たい結晶が降ってきたかのようだった。

マクシミリアン・シュテレルの失踪は単独行というわけにはいかなかった。ささやきはざわめきとなった。沈黙それ自体が、少しでも声高な沈黙になることを恐れていた。しかし、スティンスキイも、二六カ国語の沈黙の言語学者も、『未来の回想』の原稿を中央出版社のアーカイヴからさっさと移してしまった編集者も驚かなかった。原稿が予言していたことだったから——ごく近いうちに、と。

クルチツキイ通りの部屋では、右記の三人全員で、シュテレルが残した文書について知恵を絞る機会がたびたびもうけられた。時間切断機の設計者によって投げかけられたフレーズを追いかけ、マシンの機動前の時期の記録や、古いノートの所在をつきとめることに成功していたスティンスキイだったが、それらを専門家の目にゆだねていいものか決めかねていた。三人は、変色してしまった紙を並べかえて整理しつつ、ヒエログリフのような不思議な記号と、それが接続された、さらに二倍は不可解な数式のなかに迷いこんで、明晰な――森の中にぽっかりあいた空き地のように――言葉に出くわすと顔をほころばせるのだった。

そんな夜のできごとだった。三人は――窓ガラスを這うように広がった、一二月の、凍みのような星の中、鍵穴に鉄の目蓋を下ろした、閉めきられた扉の向こうで――黙って、それぞれの紙束に没頭していた。もう深夜だった。突然、言語学者が顔をあげた。

「ここ、数式によりかかったフレーズがあるよ――『ここで時間を横切るのは危険だ』。それでもあの男は横切って……」

「そういえば」、と呟いた編集者は、眼鏡のべっこうのつるを直した。「今日の夕刊を読みましたか？　まさにぴたり、寸分違わずでしたな」

会話を聞いていなかったスティンスキイがさえぎった。

「これをマクシミリアン・シュテレルの伝記のエピグラフに使おうと思うんだけど……」そして脇を見やって、音節を区切りながらはっきりとこう口にした。「理解者《パニマーユシチフ》の側へ導いてくれ」*36

＊36　ニコライ・ネクラーソフ（一八二一―一八七八）の詩「ひと時の騎士」の一節「酔いと空騒ぎと／血染めの手から救って／わたしを破滅者の側へ導いてくれ／偉大な愛の仕事へと」から（『世界名詩集大成12　ロシア』谷耕平訳、平凡社、一九六二年から一部改変して引用）。

「破滅者《パギバーユシチフ》の側へ、だろう」言語学者が訂正した。

「同じことだ」

そして三人は仕事を続けた。

一九二九年

訳者あとがき

ここに訳出したのは、シギズムンド・クルジジャノフスキイ（Сигизмунд Кржижановский）作『未来の回想』（Воспоминания о будущем）の全文である。

『クルジジャノフスキイ作品集　瞳孔の中』が昨夏に刊行されて以来、短編集『神童のための童話集』（東海晃久訳、河出書房新社）が今年五月に出版され、そして本書『未来の回想』、さらに長編『文字殺しクラブ』の翻訳も松籟社から上田洋子訳で刊行予定になっている。日本ではこの短期間のあいだに、つぎつぎと出版紹介がすすんだ感があるが、まだ日本の読者にとってなじみの薄い作家であることにはちがいない。

シギズムンド・クルジジャノフスキイについては、すでに専門的研究者である上田洋子氏による充実した解説「脳内実験から小説へ――シギズムンド・クルジジャノフスキイの作品と生涯」（『クルジジャノフスキイ作品集　瞳孔の中』所収）が書かれている。詳細はそちらにゆずることにして、ここではクルジジャノフスキイ未読の読者のために、その来歴を手短に説明することにしたい。

作家の人生

シギズムンド・クルジジャノフスキイは一八八七年、当時ロシア帝国の一都市だったキエフのポーランド貴族の家庭に生まれた。キエフ大学法学部を卒業後、弁護士助手として働くが、一九一七年の革命によって帝政ロシアの法律が無効になると、それにともない失職した。この伝記上のいちエピソードは、創作活動に傾注する分岐点になったという以上に、この作家の作風に不条理さの影を落としたと考えたくなるのは避けられないところだろう。

一九二二年のモスクワ移住をはさみ、精力的に執筆を続けるが、その作品が書物のかたちをとることはなかった。クルジジャノフスキイの実験的な作品群は、ソ連政府の指導のもと、社会主義リアリズムを推進しようとする出版界ではうけいれられなかったのだ。できたことと言えば、本のかたちとして残らないような仕事――演劇や映画の脚本を執筆し、朗読会を開いて作品を限られた聴衆に読み聞かせることだった。もっとも、そうした活動は作品に別の強度を与えたとも言える。

一九三九年に作家同盟に加えられたが、その後も不遇なままだった。この時期、作品集の刊行がきま

シギズムンド・クルジジャノフスキイ
(Сигизмунд Кржижановский, 1887-1950)
写真は 1930 年撮影。

り、校正刷りまで出たが、第二次世界大戦が勃発すると、それもふいになってしまう。一九四〇年代には創作活動は衰え、ルポルタージュや評論、翻訳をして過ごすようになる。一九五〇年の末にモスクワで亡くなったが、現在まで墓地の場所もわからない状況が続いている。

作品の来歴

先ほどあげた作品集の解説のなかで、上田洋子氏はクルジジャノフスキイのビブリオグラフィを初期(一九一八—一九二二)、中期(一九二二—一九三四)、後期(一九三四—晩年)の三つの時期に区切っているが、『未来の回想』は一九二九年の中期、その創作がもっとも充実していた時期に書かれたようだ。しかし、この作品は、書籍化どころか、雑誌にさえ発表されることはなかった。クルジジャノフスキイは作品をたとえ出版できなくとも、朗読会などで披露することもあったが、『未来の回想』はそういった機会もあたえられなかったようである。

結局、この作品はじつに六〇年間ものあいだ日の目を見ることがなかった。ロシア語には「引き出しのなかへ書く」という慣用句があり、当局の検閲を通らないことを知りつつ、ひそかに作品を書きためることを意味しているが、本作は文字通り長い間、「引き出しのなか」に突っ込まれたままになっていた作品である。それは、作中でシュテレルのタイム・マシンが引き出しのなかに突っ込まれることを余儀なくされたという事実を思い起こさせる。

作品について

クルジジャノフスキイの作品は、哲学的思考実験のような内容のものも多く、奇想という言葉を連想させるが、この『未来の回想』も例外ではない。本書では「時間旅行」、「タイム・マシン」というSFの王道とも言うべきテーマを素材にして、様々な仮構の時間理論が語られる。そのそれぞれは一見奇妙に映るが、じつはギリシア哲学における概念から、相対性理論を前提としたリーマン・ミンコフスキイ平面のような当時最先端の理論まで、時間についての議論を縦横無尽に援用したものだ。その点では単なる「とっぴな思いつき」ではないのである。

ここで、作中でも言及されているH・G・ウェルズの『タイム・マシン』(一八九五年)との関係について少し触れておこう。シュテレルが少年時代にウェルズの『タイム・マシン』を読み、敵愾心を燃やすエピソードからもわかるように、クルジジャノフスキイがこのあまりに有名な先行作品をインスピレーションのひとつの水源にしたことは間違いない。(お互いにほとんど具体的に描写されることはないが)時間旅行装置の簡潔さ、過去ではなく未来への時間旅行を試みる点や、時間旅行者があとから聴衆に向かって体験を述懐する点は似通っている。もちろん、共通点以上に相違点も目に付くわけだが。

ひとつ興味深いのは、ウェルズの『タイム・マシン』が一種のディストピア小説としても読めるということだ。ウェルズは遥かな未来に、エロイと呼ばれる知性が退化した支配階級と、モーロックと呼ばれる被支配階級(ただしエロイを捕食する)の二つの種族に進化した未来人像を思い描いたが、それは、社会主義に傾倒していた作家が、一九世紀の末に幻視しようとした資本主義の末路だった。

それに対して、ウェルズが待ち望んでいたはずの「未来」、二〇世紀のソヴィエトに生活していたクルジジャノフスキイは、とりたてて自分専用の「ユートピア」も「ディストピア」も創造する必要がなかった。けばけばしく飾りたてた未来などなくとも、共産党独裁のもとに実現された労働者の非人間的な酷使や住宅難、急速に進んだ工業化による公害や環境汚染、私有財産の没収などの数々の不条理を描けば、それがそのまま「ディストピア」になったのだった。こうした社会風刺は、ほかのクルジジャノフスキイの作品同様、本作でも一種のスパイスになっている。

他方この作品は、ほかのクルジジャノフスキイ作品に比べても物語性が豊かであり、作家の作品をはじめて読む読者にもとっつきやすいものになっていると言える。実際、後述するように、露英双方で再評価のきっかけとなった作品集の表題作として『未来の回想』は選ばれているが、それも偶然ではないだろう。

時間にとり憑かれた男、マクシミリアン・シュテレルは自分の生涯を「時間切断機」ことタイム・マシンの制作にささげる。しかし、その作業は困難を極める——折しも時は激動の二〇世紀、戦争や革命がシュテレルと彼の「マシン」に襲いかかるのだ。さまざまな障害を乗りこえ、シュテレルはマシンを完成させ、未来へと脱出することができるのか——それが小説の強力なエンジンとなって読者を物語のなかへ引き込んでいく。

ここで急いで断わっておくと、このように「物語性が豊か」だとしても、それは本作でクルジジャノフスキイ色が薄まってしまっていることを意味しない。クルジジャノフスキイ独特の味——執拗なまでに反復されるパターンや、一種異様な細部《ディテール》、反転した論理のなかで理路整然と駆動する世界——を存分に味わうことができるだろう。

再評価まで

『未来の回想』が、作家の「引き出し」に長年突っこまれたままになっていた作品だということはすでに述べた。反面、『未来の回想』は、クルジジャノフスキイ再評価のきっかけを作った作品でもあった。一九八九年、ペレストロイカ期に、詩人・評論家のヴァジム・ペレリムーテルが編集した初めての作品集が刊行される際、『未来の回想』は表題作として選ばれた。また、英語圏で広く知られるきっかけとなった、ニューヨーク・レヴュー・オブ・ブックスのシリーズの一冊として刊行された作品集『未来の回想』(二〇〇九年)は、読書界で話題を呼び、翻訳文学賞にノミネートされた。

世界的な再評価の波は、現在も進行中である。ペテルブルグのシンポジウム社から出版された選集は、当初の予定では五巻本のはず

ソ連で初めて刊行された作品集初版(右、1989年刊行)と、英訳作品集(左、2009年刊行)。ともに『未来の回想』を表題作としている。

だったのが、今年に入って書簡や同時代人の証言などの資料も収録した六巻目が刊行された。良作をそろえることで定評のあるニューヨーク・レヴュー・オブ・ブックスのシリーズは、『未来の回想』のあと、『文字殺しクラブ』、『死体の自伝』（今秋刊行予定）と、つぎつぎとクルジジャノフスキイの作品をカタログに加えている。

二一世紀におけるこうした世界的活況《ブーム》を見るにつれ、まさにクルジジャノフスキイの作品は、六〇年の時を越えて「引き出し」の中から甦ったのだと言いたくなる。その意味では、この小説こそがすぐれて「タイム・マシン」なのだ。読者はこの、突然あらわれたかのように見える作家とその作品を、今まで手垢のついていない分、どのように読んでもいいという特権を享受することができる。

すでに説明したように、クルジジャノフスキイの作品は当時の社会状況を色濃く反映させたものであるし、風刺的な要素もかなりある。しかし、それと同時に、その作品の普遍性、時代を超えて生き残る生命力を考慮しないわけにはいかない。上田氏も「脳内実験から小説へ」でクルジジャノフスキイをポーやボルヘス、カフカといった作家たちとともに「世界文学」として読む可能性について触れている。それに加えて、われわれ日本の読者は、クルジジャノフスキイを日本の作家と接続してもよい。たとえば筒井康隆や円城塔の一部の作品と、クルジジャノフスキイが似通っていると感じられることもある。もちろん両者が作品を参照したわけではないのだが、これは世界文学における時空を超えた興味深い共振現象と言うべきだろうか――そのような自由な読みをゆるす強度をクルジジャノフスキイの作品が持っていることはまちがいない。ただそのためには、読者との出会いが不可欠だ。邦訳も、前作の『瞳孔の中』に続いて、今後もひとりでも多くの読者との出会いがあることを祈っている。

何重にもツイストがきいた、論理自体が裏返しにされて翻訳に抵抗するような、クルジジャノフスキイのテクストを日本語に置きかえるのは、楽しくも骨が折れる作業だった。見落としや、間違いも多いかと思うが、読者のご叱声を乞う次第である。

……………………

最後に、編集の労をとっていただいた木村浩之氏に感謝いたします。木村さんとやりとりを始めたのは二〇一〇年の冬にさかのぼる。当時アメリカ、ウィスコンシン州マディソンに滞在していた私は、「なにか翻訳をしませんか」という誘いをうけて、いくつかの作品を提案したのだが、その中にこの作品もあった。その後、紆余曲折があり、三年後にマサチューセッツ州ケンブリッジで翻訳に着手することになった。木村さんにはその間、『クルジジャノフスキイ作品集　瞳孔の中』もふくめて大変お世話になった。今回も、ゲラになる前となったあとで、詳しく訳文をチェックしていただいた。それに加えて今回は、日本を離れている訳者のかわりに、邦訳文献などの調査もお願いした。氏の篤実な、プロフェッショナリズムにもとづいた援助がなければ、翻訳をかたちにすることはずっと困難だっただろう。こうして、なんとか三年前からの所期の目的を果たすことができてほっとしている。

二〇一三年七月　ケンブリッジ

◉訳者紹介◉
秋草俊一郎（あきくさ・しゅんいちろう）

東京大学大学院人文社会系研究科修了。専攻は比較文学、ロシア文学など。現在、ハーヴァード大学客員研究員。
著書に『ナボコフ　訳すのは「私」――自己翻訳がひらくテクスト』（東京大学出版会）。共訳書にウラジーミル・ナボコフ『ナボコフ全短篇』（作品社）、デイヴィッド・ダムロッシュ『世界文学とは何か？』（国書刊行会）、クルジジャノフスキイ『瞳孔の中』（松籟社）がある。

未来の回想

2013年10月15日　初版発行　　　　定価はカバーに表示しています

著　者　　シギズムンド・クルジジャノフスキイ
訳　者　　秋草俊一郎
発行者　　相坂　一

発行所　　松籟社（しょうらいしゃ）
〒612-0801　京都市伏見区深草正覚町1-34
電話　075-531-2878　　振替　01040-3-13030
url　http://shoraisha.com/

印刷・製本　　モリモト印刷株式会社
カバーデザイン　　西田優子
Printed in Japan

　ISBN978-4-87984-319-7 C0097